地下道有鬼，請小心通行！

惡靈地下道

Div 著

自序

年輕時寫作，就像是在駕馭野馬。野馬精力旺盛，四處亂竄，身為駕馭者，只能在狂亂的風與顛簸的馬背上，祈求不要墜落。

寫作過了十年，就像是騎著瘦驢，氣喘吁吁，步伐沉緩，但方向精準，且耐力超強，寫作到此刻我方能征服高山，看見從未見過的遼闊風景。

如果說，在野馬時期和瘦驢時期的中間，有那麼一段同時精力充沛，又兼具精準方向控制的時期，我會說，那就是《惡靈地下道》孕育而生的時間。

《惡靈地下道》是《抽鬼》的續篇，也是《陰咒》的前篇，《抽鬼》可見脫韁野馬那充沛的寫作能量。而《陰咒》則對細節控制精準，並一步步堆疊故事劇情，試圖將故事帶上了高山。而《惡靈地下道》呢？簡單說，兩者兼具。

這是我自認，自己寫作生命中，一個里程碑。

如今，它又要重新再版了。

它在第一家出版社時，就屢次被再版，從超商的小本書，到試圖攻入書店的大本書，一直到現在第一家出版社的出版業務歇息之後，轉換新的出版社的重新再版，每一次，當我再次打開這故事，我都依然能感受到，當時完成這本書時，那奇異的感覺。

那是一個陽光明媚的午後，我在逢甲大學的漫畫店，完成了這最後部分，突然出現的精采劇情讓我有些恍惚，於是我走到了街道，明亮的陽光照在身上，卻一點都不熱，反而涼涼的很舒服。

我知道，我完成了我寫作生命中的一個轉折。

而那個轉折，就叫做《惡靈地下道》。

它，是《抽鬼》的後篇，也是《陰咒》的前篇。

它們是三部曲，更是我十餘年寫作生涯的代表。

Div

惡靈地下道

抽鬼

惡靈地下道

抽鬼

有人說：「宿舍中的鬼故事最神祕的地方，
就是沒有人知道它怎麼開始的，還有，它怎麼流傳的。」
其實很簡單。
因為一直有個神祕的第六個人存在。
他，不，應該說他們，從來就沒有離開宿舍。
他們一直都在，一直都在。

第一章　宿舍裡的鬼故事

你曾經打過「撲克牌」嗎？如果你玩過撲克牌，那你一定玩過「橋牌」，「大老二」，那你一定也聽過，一個叫做「抽鬼」的遊戲。

所謂的「抽鬼」，就是先將所有的牌分成幾等分，每位玩家各拿一份，每個人向隔壁的玩家抽一張牌。

然後，將抽到的牌和原本的牌組成「一對」，丟入中央的牌堆，讓自己手上的牌越來越少。

最先把牌丟光的人，就是這場遊戲的贏家。反之，最後把牌丟光的人，就是這場遊戲的輸家。

在橋牌中，幾乎所有的牌都可以組成一對，只有一張是例外，就是——小丑。

「小丑」是撲克牌中的第五十三張，一張最孤單而詭異的牌，牌上穿著蓬鬆豔麗的洋裝，臉上畫著濃濃的彩妝。

而「抽鬼」這個遊戲，只要誰最後拿到小丑，誰就是輸家。

「小丑」牌如其名，就像是一個被所有人怨恨的鬼牌，但是，詭異的是，每張小丑的臉卻都在笑，懷著悲傷的笑容，笑得讓人發毛……為什麼提到撲克牌？這就要說到我的高中生活了！

高中時期，心裡亟欲叛逆卻又無法叛逆的我們，學會了打撲克牌，用以燃燒我們心裡那蠢蠢欲動的叛逆火苗。

對我們來說，打撲克牌是神祕而且愉快的奇異聚會，就像高中女生會聚在一起討論星座一樣。在我記憶中，高中生活，那是一個非常瘋狂的時期，我們對於撲克牌的狂熱，甚至可以忘記吃飯與睡覺。

十一點，正是我們這群「地下牌友」開始蠢動的時刻。

這時候，鎮守宿舍的教官，會開始例行的巡邏。他提著大型的手電筒，配上軍用皮靴喀答喀答的聲響，彷彿在提醒我們，兇殘的獵人正一步一步靠近。

宿舍的教官有張娃娃臉，笑起來溫和善良，家長看到他，都為他謙和有禮讚賞有加。不過，學生知道，他其實是一個陰險的傢伙，因為他姓洪，於是我們幫他取了一個綽號，叫做「紅蠍子」。

紅蠍子把當兵那套「強攻不如內賊」的戰術用在學生身上，他養了一群所謂的「抓耙仔」學生，這群抓耙仔會將宿舍中的祕密，一五一十的對教官報告，其中撲克牌就是告密的重要項目。

就算周圍的環境險惡，可是，對那時候的我們來說，撲克牌彷彿有一種奇妙的魔力，讓我們每個人對它如癡如狂。

由五十三張牌組成的遊戲，千變萬化，再又加上每個對手心態的不同，使得整個遊戲變得詭異莫測。

不過，當時的我們並不知道，撲克牌帶來的恐怖事件，正悄悄地醞釀，變成了我這輩子永難磨滅的記憶。

一件最恐怖最可怕的記憶。

這是鬼故事，一個關於男生宿舍的鬼故事。

大部分的人，聽到撲克牌和麻將這些遊戲，都難免想到賭博，玩家們鉤心鬥角，玩陰謀。

其實對當時的我們來說，撲克牌除了腦力較勁之外，它還有排解寂寞、增進感情的奇妙意義存在。

因為大部分的時間，我們都會一邊玩牌，一邊聊天。

聊天的內容更是包羅萬象，例如教官又幹了什麼狗屎的事情，某一個老師的八卦，甚至偷偷交換一下考試的題目，或者是老師和教官們之間的緋聞……

當然，在深夜，還有一種故事是最常被提起。

那就是——鬼故事！

尤其在深夜的子時，當宿舍的大燈熄去，整條走廊陷入一片幽暗的朦朧中，只剩下走廊盡頭廁所滲出的慘白燈光。

我們幾個同學，擠在房間中的一個黑暗角落，僅存的一盞桌燈，將每個人的臉都照映得模模糊糊。

還有什麼比這個氣氛，更適合說鬼故事的呢？

奇怪的是，每個鬼故事的開頭，都是「我聽說……」，它彷佛是不斷流轉在宿舍中的惡魔細語，一屆傳一屆，從沒有在宿舍中消失過……

我們的宿舍中，最有名的鬼故事，叫做「發瘋的學長」。

故事內容大致是這樣的：因為我們的宿舍採「學長帶學弟」制，學長要帶領什麼都不懂的學弟認識環境，所以，基本上，學弟是非常尊敬學長的，但是，凡事必有例外。

這個鬼故事的主角，發瘋的學長，就是一個不被學弟們尊敬的學長。

也許是因為這位學長本身個性內向沉默，也許是他剛好碰到了一群惡劣的學弟，所以，這位學長被學弟們欺負得很慘。

內向的學長選擇把苦水往肚裡吞，直到有一天，心中那座憤怒的火山終於爆發了。

這一天，學長躺在上鋪的床上，背著明天要考的數學公式，而底下又傳來學弟們發撲克牌吵鬧的聲音。

這位學長心情正差，聽到學弟們又沒日沒夜的打牌，忍不住大罵。「喂！你們夠了沒？我明天還要考試欸！」

可是，不罵還好，這一罵，登時激怒了惡劣的學弟們，他們回嘴罵：「考試？誰鳥你！」「你在臭屁什麼啊？有種給我滾下床？」「對啊！有種下床單挑，不要去找教官哭訴！」

這位學長生性內向，罵不過三個學弟，他心中一悶，躺回床上，心中想到的是最近數學老是考不好，數學老師那嫌惡的嘴臉……

可是，他沒想到，他才剛躺回去，突然一個黑色的物體從下方飛了上來，啪嗒一聲，正好打中了他的嘴巴。

他吃了一驚，往臉上一抹，他看見了手中那樣東西，竟然是自己的拖鞋。

「學弟！你們不要太過……」這位學長真的生氣了，他爬起來，就要對學弟們大罵，可是他的話才說到一半……

啪嗒！

又是一隻拖鞋！對著他的臉直扔了過來！

「哈哈！正中紅心！」學弟們哈哈大笑，「這一球投得好，平常去電動玩具店練投球，沒有白練！」

這位學長氣得臉上一陣白，想找拖鞋丟回去，還沒來得及動手，卻見到一堆東西被學弟們丟了上來。

包括學長自己的書包、被學弟撕爛的國文課本，還有喝到一半的飲料，以及垃圾桶內的垃圾……

這一瞬間，這位學長所有的火氣，被學弟們硬是給逼了回去。

他嘴巴大張，不知道自己是該生氣？還是哭泣？他只覺得胸口突然好悶，好悶，一股氣卡在胸口，什麼話都說不出來……

學弟們丟垃圾丟夠了，再把學長罵了一頓，心情爽了，又打了幾局撲克牌的抽鬼，鬧到半夜，才躺回床上睡覺。

就在學弟們的鼾聲此起彼落之際，黑暗中，這位的學長的眼睛卻睜得又大又圓，吐露著恨意的光芒。

他在回想，剛才的每一幕。

可惡！惡劣至極的學弟們，完全不知道要尊重我！我是學長欸！你他媽的！我比你們還早進這間學校！你們這些什麼都不懂的小毛頭！竟敢對我這樣不尊重！

對了！明天要考的數學公式，我還沒背完！數學老師那張臉，每次發到我的考卷，就露出那種「沒救了」的死人表情！可惡！都是這些學弟害我沒辦法專心念書！成績才會越來越糟！

可恨！想我國中的時候，還是全校前三名，都是這群學弟人渣！害我成績一直退步！連班上前三十名都擠不進去！可惡！可恨！可恨！

恨！

好可恨！

好可恨啊！好可恨啊！好可恨啊！好可恨啊！好可恨啊！好可恨啊！好可恨啊！

黑暗的宿舍中，沉睡的學弟們並不知道，在寢室一片均勻的呼吸聲中，夾著一個沉重的喘息聲……呼喝……呼喝……呼喝……

喘息聲越來越重，越來越急，彷彿是一隻受傷的猛獸，即將破籠而出……

突然，喘息聲停了。

一片無光的黑暗中，發出沉悶的啪嗒、啪嗒聲，是有人踩著木梯，從上鋪爬了下來。

聲音緩緩移動，移到了一個學弟的床前，明明是伸手不見五指的黑暗，卻見到一雙明亮到駭人的眼睛，佈滿紅色血絲，惡狠狠凝視著床上的人……

他是學長，滿臉駭人殺氣的學長。

就在此刻，睡夢中的學弟，好像感應到了什麼，眼睛猛然睜開。

可是，映入他眼中的，卻是一揮而逝的銀色刀光，對著自己的肚子落了下去。

這把水果刀，舉起落下，一下接著一下、一下接著一下、血花跟著噴了出來，學弟的肚子被毫不留情地搗爛了。

這位學弟先是一陣驚愕。

然後，他發出聲嘶力竭，震動整棟宿舍的垂死尖叫。

可是，血漿四濺中，學長卻咧嘴笑了。

「哈哈，嘿嘿，知道怕了吧？」學長笑了，很歡暢地笑了，紅色的血流過他微翹的嘴角，「嘿嘿，知道要尊敬學長了吧？」

學長還伸出舌頭，舔了舔自己唇邊的血液。

劇痛中的學弟伸手亂抓，想用雙手阻止這個發瘋的學長，慌亂中沒抓到學長的手，卻抓到了床邊的撲克牌，五十三張撲克牌，染著血，噗一聲在房間中四散撒落。

在撲克牌緩緩散開的瞬間，學弟見到那把水果刀，穿過飛舞的撲克牌，對著自己的眼睛，狠狠刺了下來。

「啊——」學弟發出臨死前的淒厲慘叫。

然後，學長發著嘿嘿的詭異笑聲，抬頭，尋找下一個學弟。

另一個學弟被尖叫聲驚醒，接著就看見學長提著水果刀對自己撲了過來，那股瘋勁把學弟嚇傻了，竟然連逃都不知道要逃……

一把水果刀，往這個學弟的胸口直直插落，血噴滿了棉被。

沒想到一個人的血液竟然有這麼多？可以將整條棉被都染成紅色。

當天晚上，總共死了兩個學弟，倖存的學弟雖然只受到輕傷，卻因為受到太大的驚嚇，吃了一年的精神藥物，最後轉校到彰化的高中去了。

而最後，在血泊中，這位發瘋的學長也自殺了。

奇怪的是，他不是用刀子自殺的，身上找不到死因，卻冰冷的橫躺在地上，但是真正讓後人感到恐怖的，是學長死前的笑容。

詭異，哀傷，歡樂，許多複雜又不相容的情緒，就像石膏凝固一樣，全都融合在他死前的臉上。

據說他死前的表情，就像……小丑？

而整間寢室，有如一片血的汪洋，汪洋中，五十餘張撲克牌，有如小船四散漂浮。

教官後來派人清掃這間寢室，不知道為什麼，濺在牆上的大片血跡，怎麼也洗不掉。

迫不得已之下，教官只好叫人用報紙將牆壁上的血跡遮住，但是這間寢室從此之後，再也沒人敢住，後來成了宿舍專用的儲藏室，用來堆放雜物。

「後來啊……」說這個鬼故事的同學，名叫阿狗，吞了吞口水說：「鬧鬼的傳說，也在第二年開始……」

「怎麼個鬧鬼法？」這時候，我們這些聽鬼故事的人，早就抱著棉被瑟縮在一起……但是又捨不得把耳朵摀起來。

「你知道那間儲藏室嗎？應該就是在四樓中間那一間，你們不覺得很奇怪嗎？如果這個鬼故事是假的，為什麼學校會選一個這麼奇怪的地方作為儲藏室？儲藏室應該在走廊的最角落，而不是中間吧？」

「而且這間儲藏室特別的冷，就連七八月的夏天，只要一走進去，迎面而來的，就是一陣打從骨子裡冷上來的寒顫……」

「那不叫做冷吧？叫做陰氣吧……」有一個同學接口說。

「沒錯。」阿狗說：「而且啊，住在那間儲藏室隔壁的同學，據說只要把耳朵往牆壁一靠，就會聽到……」

「聽到什麼？」

「嗚嗚嗚……嗚嗚……」阿狗做出哭泣的聲音，「聽到有人在哭。」

「哇！」聽到這裡，我們幾個同學，忍不住一起大叫起來。

「而且，我還知道一件其他人不知道的事情。」阿狗把頭靠了過來，聲音放小，「這是祕密，學校特地封鎖了消息。」

「什麼消息？」我們為了聽清楚，忍不住也把頭靠了過去。

「剛剛不是有說到，兇殺現場上到處都是散落的撲克牌嗎？」阿狗說：「據說，後來警察把四散的撲克牌撿起來，卻發現竟然少了一張牌。」

「少了一張牌？」我們面面相覷。

「只有五十二張牌而已，少了一張……小丑！」阿狗說：「還記得嗎？那群學弟正好在玩抽鬼的遊戲，所以裡面應該還有一張小丑才對！而那一張『鬼』卻失落在這一大片血跡中，怎麼樣也找不到了。」

「騙人！」我們一起大叫。

「這是真的！」阿狗嘿嘿冷笑，語氣卻是肯定的。「當時好多人都心裡發毛，可是怎麼找，就是找不到！」

「你亂說！」這時候，另一個同學大華，比著阿狗，「誰會在兇案現場找撲克牌？還算有幾張？」

「哼！你們不相信就算了！」阿狗有點生氣了，「不然為什麼那間寢室要當儲藏室？」

「我記得教官說過，因為那間寢室的正上方剛好是排水水管，老舊排水管會漏水，才把它封起來的……不是嗎？」大華冷笑兩聲。

「那為什麼一進去那間儲藏室……會覺得特別冷？」阿狗聲音不禁弱了下來。

「心理作用吧！」大華說：「聽過這樣的鬼故事，誰不會怕怕的？然後全身發冷？」

「亂講！」阿狗越聽越怒，「這個鬼故事分明就是真的！」

「真的？」大華聲音高起來，「好，如果是真的！敢不敢去證明一次！」

「怎麼證明?」阿狗回嗆。

「去那間儲藏室!」大華大叫,「有種我們去那間儲藏室,然後打一場撲克牌!」

阿狗大聲說:「在場的每個人都一起去,去幫我和大華做一個見證!」

阿狗氣話說到這裡,突然噤聲了……因為他想到了,這個「實驗」的後果……很可能是……

而且,連我們幾個都一起被拖下水,眾人都不敢說話,只是呼吸逐漸沉重,瞪視著眼前的這兩個人。

「嗯……我們就約星期三晚上!」大華聲音微微顫抖,「在儲藏室打撲克牌,看誰沒種,敢落跑!」

在一片死寂中,這個賭約就這樣確立了。

第二章 賭注

這天晚上，十一點剛過，教官前腳剛走，我們馬上聚在寢室準備這次的恐怖歷險。

大華和阿狗還打了一個賭。

他們賭的是，在深夜的儲藏室玩一場牌，如果有發生靈異事件，就算阿狗贏！如果什麼事情都沒發生，就是大華獲勝！

真正精采的，就是賭輸的那個人，就要去借隔壁女校的制服，然後穿去上課一整天……而且還不得拒絕拍照。

我們趁著教官巡邏結束，走上了四樓，來到位於走廊中央的「儲藏室」。

也不知道是不是心理作用，一靠近這間儲藏室，我就忍不住打了一個寒顫。

在陰暗無光的走廊前，這間儲藏室的門，透露著一股難以言喻的陰森氣氛，木門上每一個掉漆，每一個裂紋，在朦朧的燈光下，不知道為什麼都是一清二楚，這座門好像在笑……真是讓人頭皮發麻。

「猶豫什麼？沒有鬼就是沒有鬼啊！」不怕鬼的大華哼了一聲，推開了儲藏室的門。

一陣濃厚的灰塵味，迎面撲來。

大華慢慢走了進去，連我們都可以聽到大華鼻子中傳出來的，濃重的呼吸聲。

「啊！」黑暗中，大華發出一聲驚叫。

「喵——」隨即，一個毛茸茸的黑影從我們腳邊竄過，引起一陣恐慌。

「怎麼了？」

「沒事，沒事，剛才有隻黑貓跑過去……」大華額頭冒冷汗。「黑貓？」

「這間儲藏室平常不是關著？怎麼會有黑貓？」

「可能是從窗戶還是什麼地方溜進來的吧……貓這種生物很靈活的喔。」

「可是……」小豆囁嚅地說：「黑貓象徵著……不吉利欸！」

「迷信啦。」大華哼了一聲。「我來找電燈開關。」

儲藏室的燈光雖然不強，但也夠把每個角落都照亮了，啊，除了一堆雜物和紙箱之外，什麼都沒有……

「你看吧……」大華得意地說：「一切 OK 嘛，我就說鬼故事是騙人的！」就在大華得意之際，突然，一旁的小豆卻發出尖叫。

「啊——」

大家往小豆的方向看去，只見他臉色慘白，指著牆上，指尖不斷顫抖著。

「那個……那個……」

大家一起往牆上看去，看到一大片一大片泛黃的報紙，將整片牆壁蓋住了。

「報紙有什麼好怕的？」大華才剛說完，又馬上住口了！

大華露出古怪的表情，因為他想起來了……那個鬼故事……在鬼故事中，發瘋的學長殺了學弟之後，濺在牆上的血跡，因為怎麼擦都擦不掉，所以教官才派人用報紙遮住這片血跡。

「喂……」小豆低聲說道：「那個鬼故事？會不會是真的？」

「是真的啊！」阿狗突然用手電筒由下往上，照著自己的臉，吐出了長長的舌頭……「啊！小豆，那個鬼，就在你背後！」

小豆往後摔倒，動作滑稽，「鬼、鬼、鬼……在哪？」

「哈哈哈。笨小豆，鬼不就是你嗎？」阿狗說：「這裡就一隻膽小『鬼』！」

「喂！阿狗，開玩笑有分寸一點。」這時候說話的，是綽號「胖子」的同學，他伸手扶起小豆，並狠狠瞪了阿狗一眼。

胖子的身形和氣勢有一股威嚴，所謂的「君子不重則不威」，胖子就是屬於君子這型的人。

「是，是……」阿狗顯然對胖子有些忌憚。

「我們快點開始玩牌吧，玩一局就走了，我可不想在這種地方待太久。灰塵有夠多的！」大華說。

「那我們玩什麼？」我說。

阿狗說：「我們有幾個人？一、二、三、四、五、六……六個欸，六個能玩什麼啊？」

「那玩抽鬼吧。」有人提議說。

「抽鬼？」我心臟一跳，在這種地方玩抽鬼？這間恐怖的儲藏室中？

抽鬼就抽鬼，我不安的念頭一閃而逝，隨後開始發牌。

我特別先將「小丑」拿出來一看，上頭是一隻五顏六色的小丑，還有一隻黑貓蹲在小丑旁邊，奇怪？這隻黑貓……以前有嗎？

我先將這張小丑牌插入牌堆裡，俐落地洗牌，然後發成六份牌。

我拿起了放在自己前方的那一份。

抽鬼這個遊戲，最刺激的地方，就是你不知道你會不會哪天一個不小心，抽到那張該死的小丑。

所以抽牌的時候，拿到小丑的人，神色要自若，沒拿到小丑的人，則要故意露出奸笑，讓對手心慌。

「抽鬼」這個遊戲虛虛實實，引人入勝。

這時候，你就會看到每種人打牌的不同反應，有的人表情如老僧入定，喜怒不形於色，這種人是牌道高手，極難對付。

而另一種相反的人，他們表情豐富，狂喜狂悲，偏偏又是真真假假，這也是不可輕信的狠角色。

在場六個人，每個人表情都不一樣，形成了一幅非常有趣的畫面。

像是我的室友阿狗，打牌的時候，就是個標準的肥皂劇演員，他話特別多，用意是干擾其他人，而且喜歡示弱或是虛張聲勢，常常一場牌打下來，他說的話比打的牌多。我們常常笑阿狗，是用「嘴巴在打牌」。

我的另一個室友，小豆，則是一個藏不住內心的人，你如果看到他愁眉苦臉，一定是拿到了壞牌。看到他滿臉笑容，那肯定就是好牌了。

其他寢室的，像是大華，則是霹靂火爆型，通常越玩會越激動，這種人叫做牌品不好。

另外一個人，胖子，是我一直不甚了解的角色，他說話簡潔，喜怒不形於色，下手乾淨俐落，一看就知道是難得一見的高手。

而我呢，有人說我是最奸詐的一個，因為我打牌擅長眼觀四面耳聽八方，每個人的細微表情都落入我的眼中，加上深思熟慮，步步為營，所以我輸少勝多，堪稱老狐狸一隻。

六個人的牌局，搭配完全不同的六種性格，在此刻幽暗的儲藏室中，緊張的氣氛，正慢慢地升高起來。

第三章　憑空消失的鬼牌

這場抽鬼遊戲，在接近十二點的時候，進入高潮。

每個人手上的牌都不多了，都只剩下稀稀落落的兩三張，這個時候只要一拿到「小丑」，就沒有機會脫手了。

氣氛越緊張，抽牌的時候，大家的表情也就越多變，有的微笑，有的嚴肅，有的面無表情。

幽暗的儲藏室，靜默的六個人，彼此揣測對方的心意，不時露出詭異的微笑。

阿狗開口了，「關於『抽鬼』，我聽過一個可怕的傳說喔……」

「什麼傳說？」我說。

「阿狗又想說鬼故事來嚇大家了，想讓大家沒辦法集中注意力！這裡是儲藏室欸！」小豆抗議。

「這是真的喔。」阿狗說，

「哼！」大華說：「你一定是擔心，儲藏室裡什麼事情都沒有發生，想要說鬼故事來製造事端吧？沒關係，我不怕你，你講啊。」

阿狗聲音陰沉：「這是關於抽鬼的恐怖傳說……」

大家互望了一眼，馬上七嘴八舌地嚷了起來。

「阿狗你很爛欸！」

「現在氣氛已經夠可怕了！你還說鬼故事！」

「我們正在緊張的時候……你不要老是嚇人啦！」

阿狗臉上的笑容，莫名其妙的顯得古怪，「我聽賭場的阿伯說過，抽鬼這個遊戲，一定要玩到結束喔。」

「喔？怎麼說？」

「一定要玩到結束分出勝負……然後確確實實把『小丑』丟回牌堆裡才行。」

「不然會怎樣？」

「不然，這張『小丑』會開始作怪！」阿狗說：「因為它以為遊戲還沒結束，它會繼續它的抽鬼遊戲，一個輪一個，誰抽到小丑誰就完蛋了……」

坐我隔壁的小豆打了個寒顫，小豆平常最怕鬼故事，可是阿狗偏偏愛說鬼故事來嚇他。

「嘻嘻嘻……」阿狗詭異地笑著。「尤其……」

阿狗對小豆發出尖叫，「尤其是手上拿著鬼的人！」

「哇！」小豆大叫一聲，手上牌撒了一地。

「哈哈哈哈哈！就是有人這麼好騙！」阿狗大笑。

「呵呵……」「嘻嘻嘻嘻……」其他人都笑了起來。

只有胖子皺起了眉頭，因為受到驚嚇的小豆，把臉埋在手掌中，不知道是不是在哭？

「小豆……」胖子輕輕拍了拍他的背。「阿狗嚇你的啦，別太在意……」

「沒事……我沒事……」小豆抬起頭，驚魂未定的臉還帶著淡淡的淚痕，緩緩地……強裝起微笑。

突然間，我毛骨悚然起來。

因為小豆的微笑，讓我想起了「小丑」的笑容，明明是這麼忿恨，是這麼悲傷，卻仍然在笑著，痛苦扭曲地笑著。

我打起精神對阿狗說：「說這麼多廢話！阿狗要不要抽啦，換你了。」

「當然要啊。」阿狗抽起一張牌，大笑，「哈哈！歹勢小豆，沒抽到『小丑』。」

又玩了幾回，大家的表情越來越緊張，小丑的去向成謎。

「這次的抽鬼好奇怪，玩這麼久還沒分出勝負？」大華喃喃唸著。

終於，輪到阿狗抽牌了，他要抽的是小豆的牌。

「嘿嘿……我要抽哪一張呢？」

小豆雙目緊閉，空氣彷彿凝結。

安靜到一根針落在地上都可以聽到，這時，外面傳來一聲大叫——

「教官來了！」

「教官來了？！」大家同時站起身。

一陣慌亂中，大家把牌藏到身體裡，手腳俐落的阿狗，跳到儲藏室的門邊，把電燈關掉。

又過了三分鐘，我們發現，門外根本一點動靜都沒有，一片死寂。

「靠！根本沒有教官來！」

「下次不要被我們贓到！」

「算了！算了！繼續玩吧。」

我們六個人又坐回地上，繼續剛才的牌局。

又過了幾回，胖子說：「怪怪的……你們手上的『小丑』還在嗎？」

「什麼意思？」大家交頭接耳。「小丑不見了？」

「小丑不見了？喂！好好的一張牌怎麼會不見了？」

阿狗突然臉色鐵青，叫大家把手上的牌攤開，並且仔細搜尋整間寢室，但是……

小丑牌，卻像是憑空消失了一樣，再也找不到了！

「這場抽鬼，沒有玩完。」阿狗喃喃地唸著。「沒有玩完……」

「大家冷靜一點，剛剛最後一個拿到小丑的是誰？」我問。

「那張小丑，」大華開口，「我本來有拿到，可是後來被胖子抽走了。」

胖子說：「我是抽到了沒錯，可是後來又被阿狗拿走了。」

阿狗說：「兩回以後又被你抽走了。」

「我是有抽過，可是後來又被小豆拿走了啊。」

「嗯……」小豆想了一下，「我的小丑也被抽走了。」

大華接著說：「等等……我剛剛好像沒抽到鬼。」

「難道……」我沉吟地說：「所以這張小丑最後誰拿到的，沒人知道？」

此刻，我們互望了彼此一眼，心中的恐懼不斷地擴大。

「我那個鬼故事沒有騙人啊！」阿狗慌張地喊，「我剛剛說的那個傳說……這場抽鬼一定要玩完啊，不然，不然……」

「不然我們就糟了，尤其是最後一個拿到小丑的人。」阿狗尖叫，「這是真的啊！」

我們六人，同時沉默下來，空氣緥緊得讓人窒息。

噹！噹！

不知不覺，午夜的鐘聲指向一點。

「什麼賭注！無聊！」大華將牌摔在地上。「總之，我不陪你們玩了！你們要搞，自己慢慢搞吧！」

「先各自回去睡覺吧。」胖子嘆了口氣，「等明天天亮了再找，會比較好找。」

夜裡，我做了好幾個惡夢，在床上不斷地翻轉。

在半夢半醒之間，我聽到了阿狗的聲音：「欸，剛剛大喊教官來的人，是誰啊？」

我說：「管他是誰？欠揍的傢伙，竟敢玩我們。」

「其實，我剛剛去外面問過，他們說『根本沒有聽到』有人喊教官……」

「什麼？」

「而且那個傳說，是真的喔……」阿狗聲音在發抖。「我阿伯家裡真的在開賭場，他說這件事是真的……加上我們又在鬧鬼的儲藏室玩抽鬼，一定會出事的！慘了！一定會出事的！」

「閉嘴！」我怒吼。

「那個喊教官的聲音……」黑暗中，阿狗還喃喃唸著，「是在十二點整喊的……午夜十二點……是陰陽魔界大開的時間。」

什麼十二點？媽的，我越聽越毛，越聽越毛……

轉身看向小豆，他卻異常地安靜，平穩的躺在床上，彷彿已經深深地熟睡。

自從那一天之後我就不再玩「抽鬼」這個遊戲了。

而且不只是我，我們這群打賭的人再也沒有人提起「抽鬼」、「鬧鬼」、「儲藏室」和「發瘋的學長」這幾件事情。

只是，「那張神祕消失的小丑，到底到哪裡去了？」這個疑問，在我心頭始終無法消失。

好好的一張牌，怎麼會憑空消失？

是誰拿走了？

還是真的有小丑，自己把牌偷走了？

難道真的跟儲藏室鬧鬼有關嗎？

可是，我並不知道，那天的抽鬼，其實只是一個開端，整個悲劇，才剛剛要開始而已。

第四章　月光下的鬼牌

兩個月後，這個漫長的學期終於結束了。

而學期結束，住宿舍的同學也開始收拾行李準備回家。

我以為永遠都無法解開的「小丑」之謎，竟然就在離開宿舍的前一天，有了新的轉機。

小豆來找我。

「嗨，小豆。」

「我有件事要跟你說……」小豆囁嚅地說。

「什麼事？」我笑著說。

他彷彿下了很大的決心，「其實，我……知道是誰拿走了那張小丑牌。」

「啊？」我說：「是誰拿走的？」

小豆吸了一口氣，用力地說：「就是阿狗！」

「阿狗？你別開玩笑了！他那天晚上那麼害怕欸，你沒看到那個樣子嗎？」

「他是裝出來的。」小豆咬著牙，「他是騙人的！」

「不可能。」我打斷他的話，「我相信阿狗不會開這種惡劣的玩笑。」

「我知道他會，他尤其想嚇我！他知道我最害怕這個，所以才故意這樣做的！」小豆激動地說：「他這樣不但可以贏跟大華的賭注，又可以嚇我，他就是這種人！」

我憐憫地看了小豆一眼，阿狗和小豆的關係我不是不知道，一個喜歡欺負人，一個容易被欺負。

小豆激動地說：「阿狗平常怎麼欺負我的，你難道都不知道？」

「好啦好啦……」我有點不高興，「沒有證據就不應該懷疑別人，雖然阿狗平常不對，你也不可以這樣懷疑他啊！」

「好，連你都不相信我！」小豆門一甩，轉頭就跑掉了。

「唉……」我嘆了一口氣。

閉上眼睛，搖了搖頭，老實說我現在只想把那晚上的一切徹底地忘掉。好好地過日子。

這一個月以來，發生了這麼多事，在回家前的最後一個晚上，我躺在床上，無法入睡。

隔壁床的阿狗早已熟睡，而小豆始終沒有回來。

終於，我也逐漸地進入夢鄉，夢裡，我回到自己熟悉的彰化海邊，脫光衣服跳到海裡，痛快地享受夏日的海洋。

突然間，有東西抓住了我的腳踝，我怎麼樣都掙脫不開，它越拉越緊，把我往海洋的深處不斷下拖……

我……不能呼吸了。

這時候，我把頭往下看，看是什麼東西在作怪。

這一看，我馬上心涼了半截。

因為我看到一張臉。

一張小丑的臉。

在朦朧的海裡，它正在嘿嘿冷笑著，而它的手中，握著一把染血的水果刀，是發瘋學長的刀子！

刀子一揮，朝我的腳踝狠狠砍了下來！

就在同一個時間……

「哇！！！！」阿狗一聲淒厲的尖叫劃破寂靜。

阿狗連滾帶爬，從床上摔了下來，手指著床的方向。「小……小丑……小丑……」

我一聽起身，「什麼小丑？」

阿狗尖銳地喊著：「在我的床上！它在我的床上！」

我往阿狗的床一看，全身雞皮疙瘩都豎起，那張失蹤的小丑牌。它正安安正正的在阿狗的床上。

陰冷的月光下，跳舞的小丑，顯得詭異駭人。

「哇啦啦！」我們兩個打開門，一前一後衝了出去。

我們逃到了大華和胖子的寢室，才喘了一口氣。

大華說：「你們在幹嘛？三更半夜瘋瘋癲癲的。」

「小丑……小丑……」

「慢點說，慢點說。」胖子老神在在地說：「剛剛發生了什麼事？」

「小丑牌……出現了！」

「什麼？它出現了！什麼時候的事情？」大華問。

「就在剛剛……我們的寢室……」

「真的？」胖子冷靜地說：「帶我們去看看。」。

「我們不敢……」我跟阿狗同時說，我們還心有餘悸。

「去看看又不會死。」胖子說：「難道你們不想知道到底是誰偷了這張牌嗎？」

我們來到了寢室，進行檢查。

走在宿舍走廊上，我驚嚇的心情慢慢平息。剛剛，那張詭異的小丑牌，出現得太突然，讓人不禁寒毛直豎。

可是，既然它已經出現，就表示這個謎題露出了曙光。

偷小丑牌的人，到底是誰？

它放在阿狗的床上，是要嚇阿狗？還是另有目的？

我們一行人，走到了寢室門口，來不及關上的門，正輕輕地搖晃著。

我緩緩地推開門，木頭咿呀的聲音響起。

黑暗中，只聽到阿狗說著：「它就在我的床上。」

「太暗了，我把燈打開。」我說。

啪的一聲，寢室綻放出微弱光芒的剎那，突然，我發現阿狗有些不對勁。

他動作突然停住了，我甚至可以感覺到他連呼吸都瞬間停止了。人在什麼時候，會突然停止一切動作。

那就是當這個人，突然受到可怕驚嚇的時候。

我慢慢地把臉朝向他視線的方向，慢慢地…………瞬間，我也停止了呼吸。

竟然不見了？

那張月光下的小丑。

那張小丑牌消失了！

第五章　死亡的順序

「我先問你們，除了你們之外還有誰可能進來寢室？」胖子說。

「小豆。」阿狗說。

「所以說，可能在你們跑出去的時候，小豆把小丑牌拿走？」胖子說。

「這是唯一合理的解釋。」阿狗說。

「那把牌放在阿狗床上的人，很有可能也是小豆囉？」

「應該是。」阿狗點了點頭，聲音因為憤怒而揚起。

我說：「可是，我所認識的小豆，不太像是這樣的人啊。」

「嗯……」胖子問我：「最近小豆有沒有說過奇怪的話。」

我想了一下，「有，他今天下午跟我說，他知道小丑牌是誰拿的。」

「誰？」他們三個人異口同聲地問。

「他說是阿狗。」我說：「小豆說阿狗是為了嚇他，才拿走小丑的。」

「鬼扯！」阿狗大嚷：「小豆在撒謊！」

胖子說：「其實這也是不無可能。」

「你胡說什麼！」阿狗吼道：「我怎麼可能拿這張小丑？我剛明明也跑出去！」

「剛才你們跑來找我們的時候，先跑出去的是誰？」

「我！」我說。

「這就對了！」胖子沉吟了一會。「所以，有一種可能，就是阿狗跟在後面動了手腳。」

「手腳？」

「收起一張小丑牌，不用多少時間的，阿狗趁著你第一個衝出去的時候，就趁機把小丑收起來了。」

「靠！」阿狗罵：「你別亂誣賴人喔！我連逃命都來不及了！」

「我沒有誣賴你，目前都只是假設而已。」胖子說：「目前你們兩個，甚至我們五個都有嫌疑，現在當務之急，是把小豆找回來，叫他來當面對質。」

「對，小豆是所有謎題的關鍵。」我們一起說。

「媽的！我去找！」阿狗猛然站起來，「我知道這孬種會躲在哪裡。」

說完，他開了門就想衝出去。

「阿狗！等一等！」我拉住他的手，「現在三更半夜你想去哪找？」

「我知道他在哪，馬上就回來。他每次被欺負都會躲在一個地方！在頂樓的陽台上！」

「還是不要……」我還沒說完，阿狗一甩門，就衝出去了。

看著他遠去的背影，我有一種很奇怪的感覺，那是一種全身發冷的奇怪預感，彷彿阿狗一離開我們，就不會再回來了。

胖子露出跟我一樣凝重的表情。

「走！我們跟過去！」

我們尾隨著阿狗上了樓梯，往陽台跑去。

宿舍的頂樓陽台也是被禁止進入的禁區，因為怕學生課業壓力太大，一個想不開，就爬上陽台自我了斷。

但是，禁止歸禁止，所謂的「道高一尺，魔高一丈」。頂樓一扇上鎖的木門，就可以阻止我們上頂樓嗎？錯！當然不行！

要上頂樓的方法，是從樓梯旁邊的一扇窗戶爬上去。

阿狗的背影站在窗戶外緣，一個俐落的翻身，翻上了陽台。

我們追到窗戶邊，追了上去。

第一個爬上去的人，是大華，然後是我，最後才是身材壯碩，不適合攀爬的胖子。

大華的身影剛消失的窗戶外頭，正當我雙手吊在窗戶上緣，雙腳一蹬，身體騰空往陽台躍去之際，突然……

一個跟人差不多大小，黑黑的東西，從上方直直墜下來！

掛在半空中的我，看到了黑色物體的真面目，突然腦袋一片空白，完全沒有辦法做出反應。

我只能呆呆的看著它落下，轉眼間，它就會把我撞下窗戶，一起掉下五樓。

砰！我被一隻手硬生生拖進窗戶裡。

「笨蛋！」胖子大罵：「媽的，你瘋了啊！看到東西不會閃啊！這裡是五樓欸！」

「不……」我腦袋仍然沒有清醒過來。

「幹嘛？看到鬼啊？」胖子說

「不，不是鬼……」我牙齒格格打顫。

「什麼？」

「我看到了……阿狗……他摔下去了。」我說。

我和胖子爬上了頂樓陽台，那裡大華抱著頭蹲在地上。他身體不斷顫抖著。

「大華？」我說

「啊啊啊啊啊！」大華發出淒厲的叫聲。

「別吵！」胖子制止他，「現在是半夜！你想吵醒教官啊？」

「呼呼……呼呼……」大華稍微冷靜了一點。

「大華，你剛看到了什麼？」我問。

「阿狗，阿狗……」

「剛剛掉下去的人，確定是阿狗嗎？阿狗是怎麼掉下去的，你知道嗎？」

「阿狗不是、不是掉下去的……」大華聲音發抖。

「不是掉下去的？」我和胖子同時發問。

「他是被人推下去的！」

「啊！」我和胖子兩個人面面相覷，都感到背脊一陣發涼，在這個四下無人的陽台頂樓，讓人全身起了雞皮疙瘩。

「是誰推的？」胖子問。

「我不知道。」大華說：「我不知道，我一上來，就看到阿狗的身體一半懸空在陽台邊，他的雙手一直在亂抓，拚命想要抵抗……」

大華說：「然後，阿狗就被推下去了！而且，那阿狗的表情，你不知道，他的表情不只是害怕而已，那是一種很可怕、很可怕的表情，嘴巴張得很大眼睛佈滿紅絲，好像……好像……」

「好像什麼？」我問。

「好像見到了鬼！」大華哭喊。

「喂！別亂說！」胖子怒斥：「所以你沒看到是誰推阿狗的？」

「沒有。」大華說：「實在太黑了，我只看到有一個黑黑的東西一直壓著阿狗，好像是一個人，又好像不是……」

「如果是一個人……」胖子說：「應該還在陽台上！因為這裡沒有出口！」

「會不會是小豆？」我問。

「不能確定，」胖子說：「我們一起找找看！」

「不要，不要，我怕。」大華喃喃自語

「不管怎麼樣，如果阿狗真的是被推下去的。」胖子說：「我們一定要抓到兇手才行！」

「嗯。」我說。

於是，我和胖子兩人就沿著這個頂樓陽台，一人一邊，慢慢地搜尋了過去。

「我好像看到一個東西，在那個儲水池的旁邊，」我往前走去，「好像是……一雙鞋子。」

「這是……」我說：「小豆的鞋子。」

然後，我們把眼神投向那個巨大的儲水池。

胖子開始爬上儲水池，「我覺得有必要去弄清楚一些事情。」

我問：「弄清楚什麼事？」。

「人數。」胖子說。

「人數？什麼人數？」我回問。

「我一直在想，我們那一天，到底是幾個人在玩這個遊戲。」

「不是六個嗎？咦？」我一呆，扳著手指頭算了起來。

「我一直記得在儲藏室中，是六個人。」胖子腳步停了，回過頭對我說：「但是，扣掉你、我、大華、阿狗、小豆才五個人，最後一個人是誰？」

「誰？」我說：「那一天還有誰？」

「當時儲藏室很黑，我看不清楚，我以為是你們的朋友。」胖子皺著眉頭。「所以你們也不記得？」

「不記得。」我感到一陣寒意，從腳底一直往上竄起來，鬧鬼儲藏室中的第六個人是誰？

我們一起站上了儲水池，低頭往裡面看去，我並不是很喜歡看晚上的水。

因為水是一種可怕的東西，據說在西洋魔法裡面，「黑貓」和「水」都是溝通靈界的管道，咦？說到黑貓……為什麼我好像最近常看到黑貓？

「咦？」我低呼一聲。

「怎麼？」

我雙眼用力，往水底下看去，只見儲水槽中靜止的陰暗水紋中，好像反射出了一點不對勁的黑色物體。

那個黑色物體是什麼？我心臟猛然跳了兩下。

因為它看起來，好像一個人躺著！

「你看到什麼了？」胖子追問。

「在那裡……」我比著水底之中黑色的物體。

「我看不到……」胖子低下頭想看清楚。

「又出現了！黑影動了！」我發出大叫。「它！它跳出來了！」

黑影夾著溼漉漉的水珠，陡然撲向胖子，混亂中胖子雙手亂抓，撲通一聲，被拖入了水池當中。

「啊！」我發出大叫，伸出手要抓住胖子，可是我的手心只抓到一片溼滑。

「該死！該死！」我大吃一驚，慌了手腳，對水池內部死命大喊：「胖子你還在嗎？你會游泳嗎？你還好嗎？」

水面爆出一個很大的水花，胖子的頭顱就這樣冒了出來。他不斷用力喘氣，用虛弱的聲音說著：「呼呼，呼呼，幫……幫我一把……」

但，我的手才伸到一半，就突然停住了。一股打從腳底涼上來的毛骨悚然，讓我動彈不得。

我看到胖子的背後，竟然還有一個人。

「快點！快點！拉我出去啊！」胖子在水裡雙手揮舞著，看得出來他雖然懂水性，在這片踏不到底的水池中，也支持不了多久。

「胖子，你、你的後面？」我聲音發著抖。

突然間，我發現我竟然認識他背後的那個人。

我的天！居然是小豆！

「小豆！小豆！是你嗎？」我看著小豆，他的臉色一片蒼白，全身溼漉漉的好像很狼狽，又很悲傷，他雙手撐在胖子的肩膀上，跟著胖子一起滑了過來。

「什麼小豆？」胖子呆呆地問。

「小豆，你想說什麼嗎？」我看著小豆，我有種感覺，小豆並沒有害胖子的意思，因為如果小豆真有害胖子的壞心，一百個胖子也都被他拖進水裡溺死了！

「小豆，你究竟想說什麼？」我對著胖子的後面，大聲問道。

胖子游著游著，看到我的臉色嚴肅，露出不解的表情，往我這邊划了過來。

果然，小豆聽到我這聲大喊，他先是伸出溼淋淋的指尖，指向了自己。

「小豆，你指著自己？是什麼意思？」我大聲問道。

但是小豆沒有開口，他的手指頭又繼續移動，這一次，他對著陽台外面，剛才阿狗落下的地方，比了一比。

「小豆，你是說陽台外面？還是阿狗？」我急了繼續追問。

小豆沒有回應我的問題，他的手指又緩緩移動著，比的是在儲水池外頭，跪在地上哭的男孩——大華。

「大華？」這一次我瞧清楚了，小豆指尖的方向，確實比著大華，我一愣。小豆的手指比完了大華，手指仍在移動，只是這一次，他的指尖卻停在非常近的地方，就是他前面滑水的男孩——胖子。

「然後是，胖子？」我越來越困惑。

可是，我還沒弄清楚怎麼回事，小豆的手指頭又移動了。

而且，這次指尖的目標，讓我倒吸了一口涼氣，全身寒毛倒豎起來。

因為小豆的食指指尖，最後，竟然停在我的面前。

最後一個，是「我」。

我？為什麼小豆要比著我？

「呼，到了！」就在這個時候，奮力游泳的胖子到了儲水池的外緣。「得救了！」胖子說：「你真是沒有義氣，叫你拉我一把，竟然不理我！」

我看著胖子，聲音困惑。「難道……你一直都沒有看到？」

「沒有看到什麼？」胖子回問我。

我支吾了兩下，一時間不知道該怎麼回答。

從小看過的各種中國民間鬼故事，我們可以得到一個很基本的概念，那就是「不一定每個人都可以看到鬼」。

而我眼前的胖子，可能是八字較重的人，難怪從剛開始到現在，老是看他一副老神在在的模樣，說是大膽，還不如說是因為看不到而無從畏懼起。

「胖子，我跟你講一件事，你不要嚇到喔！」我說。

「好。」胖子睜著一雙明亮的眼睛，說道：「你儘管說，我會聽。」

很奇妙的，胖子這雙眼睛，或是他的言行態度，總是能給我一種強大安心的力量。

「我剛才見到了小豆。」

「嗯？什麼時候？」

「剛才，就是剛才。」

「我落水的時候？」

「是的。」

「所以你才沒有來救我嗎？」胖子想了一會，問：「在哪裡見到的？」

「就在……嗯……」我猶豫了一下。「在水面上。」

「水面上？」胖子顯然受到了驚嚇。「跟我一起在水面上？」

「嚴格上來說，他不只是跟你一起在水面上，小豆，他就在你的背後！」

「嘿！真的假的？」

「當然是講真的！」我用力地說。

「好……」胖子沉吟了一會，慢慢地說：「我相信你！」

「嗯，謝謝你。」奇怪的是，這剎那我竟然有種想要抱住胖子的衝動！畢竟，在經歷過這麼多恐怖和無法理解的事情之後，有一個朋友，當著你的面，用如此堅定的語氣對你說『我相信你』，是多麼難能可貴的一件事。

「那小豆，嗯。他有沒有說什麼呢？」

「沒有，他什麼都沒有說。但是，他用比的。」我說

「比的？」

「沒錯。」我說：「我也猜不透小豆的意思，但是，剛才他在水裡面的時候先是比了自己，然後比了陽台外面，阿狗掉落的位置，最後又比了大華，接著比了你，最後才比了我……」

「嗯，小豆自己，阿狗，大華，我……」胖子摩挲著下巴，沉吟說：「然後是你？」

「對啊，可是我實在搞不懂小豆的意思是什麼？」

「順序！」胖子眼睛一亮，猛然抬頭看著我。「就是順序啊！」

「順序？」

「你看喔，先掉進水裡面不見的人是誰？」胖子說。

「是小豆。」

「然後是誰？」胖子說道：「剛剛是誰被推落陽台？」

「啊！是阿狗！」

「然後呢？你剛說小豆接下來比的人是誰？」

「大華……」我猛然想到，「所以下一個有危險的人，是大華！」

「大華！」我們同時想到這個剛才被我們忽略的同學，往陽台另一頭看去，可是，我們卻一起噤聲了，因為此刻的陽台空蕩蕩的一片淒涼，哪還有大華的影子？

「大華不見了？」

「糟糕，我們快去找他！」

第六章　回到儲藏室

我和胖子先後從窗戶爬回四樓。

大華。是大華！

他就站在遠處，在走廊的盡頭。

「大……」我見到大華沒事，伸出手就要對他揮手。

可是，我的手才揮一半，就猛然停住了。

因為我發現大華的身邊，竟然還有一個人！我凝神一看，大華的身邊，還站著一個高高瘦瘦的男人。

他是教官「紅蠍子」！

大華竟然去找教官？這件事，大大出乎了我們的預料。

紅蠍子，在故事一開始曾經提過，他在家長面前展現斯文客氣的形象，私底下卻策動學生們互相敵視，是一個壞蛋。

所以我萬萬沒有料到，大華在這個時候，會去尋求教官的援助。

這瞬間我心裡升起了一股強烈的厭惡，那是我最討厭的感覺，叫做「背叛」！大華背叛了我們！

於是我扭頭就走。

「等一下。」胖子一把拉住我的衣袖。

「幹嘛？」我說。

「走啦，我們一起去找大華。」胖子拉著我。「他現在很危險欸！」

「哼！」我鼻子狠狠噴了一口氣出來，這一剎那，我壓住了自己內心的怒火。

無論大華找了誰？跟誰求助，都是我們的好朋友，我們曾經在每個夜晚一起打牌談心，一起躲教官，一起為了守住祕密而偷偷竊笑。

而現在大華有生命危險，我該轉頭離開嗎？

不，我該留下來。

想到這裡，我心軟了，停下了腳步，嘆了一口氣，往大華方向走去。

看著走廊的盡頭，紅蠍子的臉色極臭，大華唯唯諾諾地跟在教官後面，慢慢走了過來。

「你們幾個，馬上跟我到教官室來！」紅蠍子走過我們身邊的時候，惡狠狠地說。

這時候，垂頭喪氣的大華，偷偷走到了我的旁邊，「對不起。」

「哼！」我鼻子低哼，「一句對不起就算了，那我們就不需要警察和軍隊了啦！」

「嗯。」大華低著頭眼眶含淚。

「喂，不要哭啦。」我最見不得人哭了，只好伸手搖了搖大華，當作是安撫。

「我，我，我很害怕啊！」大華聲音哽咽，「你知道我剛在自己的口袋裡面，發現了什麼嗎？」

「發現了什麼？」

然後，我看見他把手伸進了口袋裡，掏出了一張東西。

小丑牌！

「為……為什麼？這張牌會在你那裡？」

「為什麼？為什麼？為什麼？」大華眼睛盡是淚水。「我怎麼知道為什麼？我怎麼知道為什麼？」

這一刻，我和胖子交換了一個眼神，腦海中同時想起我們剛才在儲水池得到的那個結論——「順序」。

小丑牌出現在大華手上，所以，死神的下一個目標，就是大華。

小丑牌，就是該死的徵兆啊！

這時候，前面的教官已經停下了腳步，到了教官室。

「你們跟我過來。」紅蠍子醜惡的嘴臉瞪了我和胖子一眼。

一旁的大華頭低低的，不知道在想什麼。

然後，帶頭的教官手「咔」的一聲輕響推開了這道木門，發出咿呀的聲音。

教官率先進入房間，大華也跟了進去，消失在門後，然後，我邁開腳步，就往房間內走去。

就在我將要走進房間之際，突然，一隻手，猛然拉住了我的衣袖。

我茫然轉頭，看著手的主人，是胖子！我看到胖子滿臉嚴肅驚懼。

我從來沒看過他露出這樣緊張恐懼的表情。

「喂！胖子你幹嘛？進教官房間啊？」我說。

「教官房間？」胖子聲音乾啞。「你確定這是教官房間嗎？」

「啊？這間房間？」我仰起頭，注視著門楣上頭，那個綠底白漆的寢室牌子。

然後，我的頭皮瞬間發麻，原本渙散的精神，頓時全清醒了。

搖擺的木牌上寫的，不是「教官室」。

而是三個清清楚楚的白色大字「儲藏室」。

這裡，就是我們玩抽鬼，所有恐怖事件的起點，那間鬧鬼的「儲藏室」。

就在這個時候，我眼前半掩的木門，發出了咿呀的怪聲，砰一聲，它關上了。

胖子拉住門把，想把門拉開，說道：「門，鎖住了。」

然後他焦急地來回踱步。「該怎麼辦，怎麼讓大華一個人在儲藏室?大華怎麼會這麼想不開?一個人跑進了儲藏室?」

「嗯，不對喔。」我說：「大華不是『一個人』，討厭的紅蠍子教官也在裡面。」

我說到這裡，卻突然停止了說話，因為我發現胖子露出非常奇怪的表情，瞪著我看。

「幹嘛?沒看過帥哥喔?」我被胖子看得發毛。

「你剛剛說什麼『教官』?」胖子表情很奇怪，「哪有什麼教官?」

「啊?」這一瞬間，我聽到我腦袋中傳來一聲斷裂的聲音，喉嚨乾渴，身體發顫。

我記得胖子天賦異稟，是那種看不到「鬼魂」的人。換句話說，如果這個教官，我看得到，而胖子看不到，那就是說……

剛才那個「紅蠍子」，是鬼!

紅蠍子是鬼，這就可以解釋，為什麼他會帶我們來到這間儲藏室了！他只是帶我們回他的老家而已。

在做出「紅蠍子是鬼」這個結論的同時，我心頭又冒出了一個更可怕的想法，那……大華怎麼辦？

「把門撞開！」我大吼，「我們一起撞！」

「一，二，三！」我和胖子同數到三之後，用我們最粗壯的手臂，狠狠地撞擊了那道木門一下。

砰！木門根本動都沒動。

「再來一次！」我大吼。

砰！

木門依然穩如泰山。

「靠！電影演的都是騙人的！為什麼那些英雄一撞門，門就會自動彈開？」我喘著氣，罵了一聲髒話。

「等一下，你聽，你聽……」胖子把耳朵靠在門上。

「什麼？」我也學著胖子，把耳朵靠在門上。

嘶……嘶……

「那是什麼聲音？」胖子皺起了眉頭，問道。

「我不知道。」

嘶……嘶……我和胖子一起用力傾聽，可是，門內除了一聲接著一聲，規律而安定，毫無變化的嘶嘶聲之外，什麼都沒有。

「裡面發生了什麼事？」胖子喊道：「大華，大華，你聽得到我說話嗎？」

大華沒有回應。

門裡面只傳來安定的「嘶……嘶……」聲而已。

「那是什麼聲音？」我問，胖子則搖了搖頭。

「不然，我們來討論一下剛才那個沒有解決的謎題好了。」胖子一屁股坐在地上。

「你說小豆比給你看的順序，是……」

「小豆、阿狗、大華、你，然後最後是我。」我說。

「嗯。」胖子起身，在走廊外頭來回地踱步，他沒走上幾步，腳步就猛然一停。

「你想到什麼了嗎？」我說。

「這是我一個推論，要你幫我印證一下。」胖子說。

「好！」

「你還記得我們那一天在儲藏室是玩什麼遊戲嗎？」

「抽鬼啊。」

「抽鬼這個遊戲，是不是有一定的順序？」

「啊！」

「對吧？」胖子聲音上揚，「對吧！對吧！當時抽鬼牌的順序，是不是剛好就是，小豆、阿狗、大華、我，然後就是你！」

「我想想……我想想……」

「是嗎？是嗎？」胖子急迫的聲音，在我的耳邊催促著。

「好像……是！」我說。

「那就解開了這個『殺人順序』的謎底了。」胖子說。

「可是，我仍然有一點不太了解。」我說：「為什麼順序是從小豆開始？」

「這部分，我也不太懂。」胖子搖了搖頭，「不過我現在注意的重點，並不是這裡。」

「那是哪裡？」

「既然殺人順序是從『抽鬼』這個遊戲來的，那解開這個死局的方法，一定也隱藏在這裡，對吧？」

「沒錯！」

「如果……」胖子繼續沉思著，到此刻，我不得不佩服胖子的腦筋和沉著。

我剛想到這裡，忽然……

「咔砰！」

我訝然轉頭，這聲音是從儲藏室傳出來的！

「怎麼回事？」我和胖子把耳朵靠上了木門

「聲音變了！」我和胖子屏息凝聽。

聽到了一個熟悉的聲音

「嗚……嗚……嗚……」

大華在哭？

「我不是……我不是欺負你的學弟……請你不要殺我……請你……請你不要殺我……」

「不要！不要！」

大華的聲音依舊哭泣著。

然後，門裡頭，一個讓我和胖子同時毛骨悚然的聲音出現了。

嘶……嘶……

這一瞬間，我和胖子兩個人突然明白了，這個聲音所代表的意義，這是磨刀子的聲音。

胖子說：「去找教官！」

「啊！」

「快點！」胖子急道：「難道你想眼睜睜地看大華死掉嗎？」

「好……」我遲疑了一下，儲藏室的門裡，傳出了一聲驚天動地的慘叫！

「啊！！！」

任誰都聽得出來，慘叫中所包含的一切，是那樣淒厲和絕望，那是死前的喊叫。

然後，儲藏室的門，門把發出「咔」的一聲，緩緩地打開了……發出咿呀的聲音，木門自己打開了。

一股腐臭的霉味撲鼻而來，而狹窄半掩的門縫中，那在黑暗中的蠢蠢欲動的氣息，彷彿在對我們招著手。

「進不進去？」我看著胖子，沒有說話，眼神中卻透露著疑問。

「進不進去？」這一刻，我和胖子同時陷入了害怕和疑惑的深淵當中。

第七章　完成抽鬼儀式

「你決定吧，要不要進去。」我早已經六神無主。

「剛剛講過，整件事的關鍵，是在『順序』，對不對？」

「嗯，沒錯。」

「剛剛我們說，一切事件的起點，都從這間儲藏室開始，對不對？」

「對。」

「從儲藏室的抽鬼遊戲開始對不對？」

「對。」

「嘿，沒錯，按照小丑牌出現的順序，就是殺人順序。」胖子苦笑，「所以『小丑』這張牌的順序，從小豆到阿狗現在在大華的手上，剛好是每個人消失的順序！」

「那現在那張小丑牌呢？」我問。

「在我手上。」我心頭一陣顫慄。

「所以呢？你決定進不進去？」我問。

胖子沒有說話，雙眼一直凝視著儲藏室中那片黑暗，許久許久都沒有說話。然後，他吐出了一口很重很重的氣。

「走吧。」

「走？」我一呆。

「走吧，我們進儲藏室。」胖子伸出手摟住我的肩膀。「我們去把事情給解決掉。」

「嗯。」感受著胖子手臂上傳來的重量，我莫名地感到一陣溫暖。

「還有，請答應我一件事。」

「什麼事？」我說。

「嗯……按照順序來說，下一個掛掉的人，應該是我，對不對？」

「嗯。」

「如果我真的掛掉了……」胖子微笑。「請你……」

「嗯。」

「一定要活下去，把這件事結束掉。」胖子說得很慢很慢，但是我可以感覺到他的決心。

「好！沒問題。」

「夠兄弟！」胖子用力摟了摟我。「他媽的夠兄弟！我們走吧！」

我腳才剛踩進去，就聽到一聲清脆的「啵」的聲音，咦？地上有積水。

「胖子，這地上……有積水？」我低下頭，想往地上摸去。

「不要看！」胖子喝止了我。「那不是水！」

「不是水，那會是什麼……」我話說到一半，突然住嘴了……剛才大華臨死的慘叫，還在我腦海中迴盪。

所以這是……血！

「那我們現在該幹嘛？」我問。

「從起點開始，回到起點才能結束。」胖子說：「還記得阿狗說過，那個關於他阿伯說過的故事嗎？」

「那個開賭場的阿伯？關於抽鬼的？」我說。

「抽鬼這個遊戲，一定要玩完，不然小丑牌不會乖乖進入牌堆中，會開始作怪。」胖子說。

「對，阿狗有說過。」

「嗯，那就讓我們結束它吧。」

「可是，我們只剩下兩個人。」我問：「該怎麼玩？」

「我們要六個人玩。」胖子從他的口袋中掏出了一副紙牌。「快點，把這張小丑牌收進牌堆裡。」

「好。」

也許是太緊張了，像我這樣經驗老到的洗牌手，竟然失手，啪的一聲，整堆牌在手中散開。

胖子皺起眉頭，「別怕，再洗。」

我屏住氣息，把地上被血水沾溼的撲克牌撿起來，忍住噁心的感覺，又洗了起來。

只是，這張小丑牌似乎不肯進入牌堆裡，屢次作怪，我連續失手了四次，好不容易終於完成了發牌手續，發成了六份。

「接下來怎麼辦？」我問。

「我們替他們四個玩，一定要趕快讓這場遊戲結束。」

「啊？為什麼要趕快？」我一呆。

「時間不夠了。」胖子看著我，「你沒聽到嗎？」

「聽到什麼？」我側耳傾聽，突然聽到一個腳步聲，慢慢地往我們的寢室走來。

每個腳步聲之後，都伴隨著一聲，水滴的落地聲音。

不知道為什麼，我只要一聽到這個腳步聲，就全身發冷，我似乎知道這個腳步聲的主人是誰……

這是那個發瘋的學長，他身上的血正一滴一滴的落下，往我們這裡走來。

「換你抽牌，我們沒多少時間了。」胖子拿起了地上的牌，快速整理起來。我幫小豆和阿狗抽牌，而胖子則替另外兩個人玩。

玩著玩著，我只覺得身體越來越冷，那個腳步聲也越來越近，腳步聲先在我的背後停住，好像有一個人在我頸子猛吹冷氣，冷得我直打哆嗦。

「大華的牌沒有了！大華結束！」胖子大喊。

我背後的腳步聲移動了。

滴答滴答，血珠落在地上的血池中，往胖子那邊移動。

糟糕！胖子是他下一個目標啊！

「小豆的牌也沒有了！」我扔出一份牌，只覺得手心溼溼滑滑的，都是汗水。

突然間，我彷彿感覺到一道黑影飄了過去，一個黑影提著水果刀，飄到了胖子的後面。

「胖子……胖子……」我聲音顫抖，「那個……那個……」

「別多話！」胖子咬著牙，他的額頭上全都是汗水，「快玩！換你了！」

我雙手發抖，從胖子手中抽起了一張牌，這一張牌，剛好可以讓阿狗的牌結束……

「阿狗，也結束了！」我將阿狗的牌摔進牌堆中。

「快點！」

這時候，我「感覺」到了那個黑影，已經走到了胖子的背後，然後，那把兇刀正慢慢地舉高……

刀子上的鮮血，就這樣一滴接著一滴，落在胖子的脖子上。

「胖子，你的背後有把刀，有把刀！」我聲音快要哭出來了。

這時候，胖子低沉的聲音傳來，彷彿在訴說著一個遠古的故事，很奇怪的是，這聽起來不像胖子的聲音！

「抽鬼這個遊戲，源自歐洲，是一種儀式。」

「為了撫慰死不瞑目的鬼魂，讓人利用抽牌的方式，將小丑不斷地流轉，最後將鬼魂封入小丑牌裡。」

聽到胖子說起這個典故，黑影舉到一半的兇刀停住了，好像在聆聽胖子的聲音。

「『抽鬼』後來變成了一種遊戲，人們可以藉著抽鬼，在歡樂的氣氛裡，達到一種祈福的形式。」胖子說。胖子眼神中透露著凌厲的殺氣，形成一股震懾的力量。

「沒想到一群不知好歹的高中生，竟然跑到有冤魂的地方玩『抽鬼』。」

「那局『抽鬼』如果順利結束還好，偏偏遊戲沒有結束，沒有將鬼魂收起來，釀成了大禍！」

那把刀，就這樣高高的舉在空中，始終沒有落下。

就在此時，牌局終於到了尾聲，只剩下我和胖子兩個人手中有牌，只要有人抽中了一對牌，這場可怕的抽鬼遊戲就會結束了！

可是，這張小丑像是在搗蛋一樣，我和胖子兩人互相抽來抽去，就是不肯乖乖讓遊戲結束。

而我只覺得背脊越來越冷，耳朵內竟然陸陸續續傳來奇怪的聲音，那是阿狗、小豆，還有大華的哭聲。

「好痛啊！為什麼我會被殺？」

「好苦啊！你也來陪我們！」

「快來陪我們啊！」

胖子依舊冷靜，只是呼吸越來越沉重。

「也許是小豆長時間被阿狗欺負，跟鬼魂的心情契合，最後把它引了出來。」胖子嘆了一口氣，「不管怎麼說，你都是一個非常悲傷的角色啊。」

胖子這句話一出口，小丑牌彷彿感受到了什麼，咻一聲，胖子手上的牌，湊成了最後一個對子，是一對J。

「我結束了！」胖子用力將牌丟進了牌堆中，對我大喊。「快點！換你了！」

此刻，背後的學長和阿狗三人同時發出尖叫，而那把染血的水果刀，在空氣中一揮，陰冷的刀氣，直插向胖子的後頸。

我對著手上最後一張牌，使勁大吼：「我，輸，了。」

說完，我用盡全身的力量，把那張詭異的小丑，扔進牌堆裡。

這一瞬間，彷彿一道清風吹過我的全身，清風吹過學長，吹過胖子，把一切黑暗與憤怒都帶走了，我閉上雙眼，享受這前所未有的輕鬆。

慢慢地我睜開了雙眼，清晨的第一道曙光，就在此刻，透窗而入，懶洋洋地灑滿我的全身。

「沒事了，終於沒事了。」胖子癱坐在地上，對我露出疲倦的微笑。

我頹然地坐在地上，整夜緊繃的精神鬆懈下來，長長地吐了一口氣，就這樣沉沉地睡去了。

我做了一個夢，小豆站在我的旁邊，滿臉淚痕，「對不起，是我把小丑藏起來的，我是為了報復阿狗老是嚇我，這次我決定要嚇嚇他。」

「對不起，對不起，對不起……」他大哭起來。

「沒關係，沒關係。」我輕輕摸著他的頭。「一切都過去了。」

這一切，原來都是夢嗎？

第八章　尾聲

當夢醒之後，小豆、阿狗和大華就再也沒有回來了。

學校宿舍出了這些事情，當然掀起了一陣激烈的風波，媒體蜂擁而至，最後卻在校長和立法委員的強力干涉之下，事情以「學生壓力過大所以集體自殺」收場。

我和胖子則被列入特別保護名單。

自始至終，我和胖子都沒有說什麼，只是沉默，用沉默來表示自己對這件事的態度。因為，我們知道，即使說出了真相，也沒有人會相信的。

有時候我甚至會懷疑，在我的生命裡，其實並沒有出現過，愛哭的小豆、愛惡作劇的阿狗，還有暴躁的大華。

胖子也在下學期轉學了。

他臨走之前，留話給我，「以後如果想要聯絡我，就打這支電話，找一個叫做萊恩的人。」而我始終忘記問胖子，「究竟那個第六個人是誰？還有，究竟是誰喊了那聲『教官來了』？」

很快地，我升上了三年級，大學聯考迫在眉睫，看著黑板上倒數的數字不斷減少，壓力也逐漸增加。

但其實，整個事情的句點，卻是在之後的夏日晚上，那天我在書桌前專注地念書。

幾個我們以前打牌認識的學弟，敲門問我：「嘿，學長念書念累了，要不要休息一下，我們要玩牌，來湊一腳吧？」

「不玩了。」我搖搖頭，「我封牌了。」

「是喔。」學弟們發出惋惜的聲音，「我聽說學長的牌技很好欸，真可惜……」

「要考試了啦。」我笑，「再混下去就沒有大學可以念了。」

「呵呵，是啊。」學弟們笑了笑，「那學長加油！好好用功喔！」

目送他們離去，我轉過身，繼續解我的物理方程式。

突然間，我彷彿想起了什麼。

我站起身，悄悄地，我來到學弟的寢室前面，聽到裡面正在說話。

「怎麼辦？我們有六個人，要玩什麼好？」

「抽鬼吧！」一個聲音說。

「……好吧，那就抽鬼吧！」

然後裡面發出窸窸窣窣，發牌的聲音。

我苦笑了一下，抽鬼啊？這真是一段不堪回首的回憶。

正當我準備轉身離去，突然，我猛然停下腳步，一陣寒意，從腳底一直麻上了腦袋。

因為那個提議「抽鬼」的聲音，不是別人，正是阿狗的聲音。

我終於明白，我們那天神祕的第六個人，到底是怎麼來的了。

有人說：「宿舍的鬼故事最神祕的地方，就是沒有人知道它怎麼開始的，還有，它怎麼流傳的。」

其實很簡單。

因為一直有那個神祕的第六個人存在。

他，不，應該說他們，從來就沒有離開宿舍。

他們一直都在，一直都在。

The End

惡靈地下道

楔子

你走過地下道嗎？

如果你是外出的遊子，或是喜歡旅行的人，那你肯定坐過火車，如果你坐過火車，那你肯定走過火車站附近的地下道。

是的，這是一個火車站地下道的故事。

一個陰森恐怖且鬼影幢幢的地下道故事。

小晴，今年十七歲，高二。她念的是台中市的高中，但她家住在台中北邊的豐原，所以她每天上下學都必須靠火車來通勤。

小晴身高一百五十九，體重四十五，有一雙傲人的修長美腿，在同年齡的女生中，她屬於高挑纖瘦型的女生，她留著及耳的短髮，喜歡用一個桃紅色的髮夾，夾起她的短髮。

每天早上，她會搭六點四十分的火車到台中火車站，然後穿過火車站的地下道，接著再騎腳踏車到學校參加早自習。

到了晚上，她會坐七點半的火車回家，除了星期三，因為這一天她要補習，所以她必須趕晚上十點半的火車回家。

火車站的地下道，是小晴每天必須通過兩次的地方，可是老實說，她一點都不喜歡這個地下道。

不知道是不是這個地下道特別陰森？台中火車站的地下道年代久遠，雖然市政府定期派人清掃，但是卻仍然無法阻止這裡不斷惡化的骯髒和腐敗。

這個地下道的牆壁，是用早期的綠白細碎瓷磚貼成，但是隨著歲月過去，這些瓷磚早就黏上了污垢，飄著若有似無的臭味。

而天花板的日光燈更隨著歲月流轉，失去了本來明亮的亮度，變得暗沉無光。站在亮度不足的日光燈下方，那是一種很怪異而且扭曲的感覺，明明整個地下道都被日光燈照得發白，可你就偏偏看不清楚前面的景物。

小晴很討厭走地下道，尤其是當她穿著學校特製黑色皮鞋，「喀答喀答」的踩著階梯往下走的時候，她總是感覺到呼吸困難，背脊發涼。

喀答，喀答，喀答……

喀答，喀答……

每走幾步，小晴就會忍不住腳步遲疑，側耳傾聽，聽著自己的腳步聲。

她總是有一種奇怪的感覺，那就是這個深夜無人的地下道，除了她自己之外……還有另外一個腳步聲。

另一個腳步聲，緊緊地跟著她。

喀答，喀答……喀答，喀答……

可是當小晴的腳步一停，那個腳步聲也跟著停了。

有時候小晴懷疑那只是地下道的回音，但是卻一點都無法掩蓋她內心，不斷湧出的恐怖感覺。

這個神祕的腳步聲……令人毛骨悚然啊。

今天是星期三，小晴剛補習結束，她揹著沉重的書包，另一隻手抓著書包的背帶，往火車站小跑步而去。

因為今天在補習班發生了一件事，讓小晴延誤了下課時間，此刻已經是晚上十點二十分，換句話說，再十分鐘火車就要開了，如果沒趕上這班車，就要改搭十一點二十分的火車了。

她回想起剛剛發生的事情，雖然令人錯愕，小晴嘴角卻忍不住微笑，因為在補習班有一個男生偷偷塞了一封信給她，而且，他還是小晴一直有好感的對象。

小晴行色匆匆，她打算今天晚上回去，好好把信讀完，然後就回信給那個男生。

她喘著氣，往火車站方向拚命跑著，前方就是地下道了。

很奇怪的是，今天的小晴雖然趕時間，卻在地下道的入口愣了一下。

這一瞬間，她有一種很怪的感覺。

如果是平時，當小晴內心感到不安，她會寧可繞遠路等紅綠燈，也不要穿過這個陰森的地下道，可是，她一看手錶，距離火車出發已經剩下十分鐘不到了……

如果不走地下道，就會趕不上火車了。

於是，小晴深吸了一口氣，穿著黑色皮鞋的右腳往前一踩，踩進入口的階梯。

喀答，喀答……喀答，喀答……

喀答，喀答……喀答，喀答……

那種不舒服的感覺又來了，小晴心裡一陣發毛，這個地下道的回音為什麼這麼大聲？好像有人跟著她似的？

可是，小晴決定不理睬這怪異的回音，她腳步不停，一直往前走去。

這個地下道構造複雜，它有兩條三叉路，六座往上的階梯，且地下道的路並不是直線，而是有點彎曲的弧度，所以沒有辦法一眼就看到路的盡頭。

如果你是第一次走進這條地下道，常常會被複雜的結構搞混了方向，往往直到走上地面才發現走錯出口，必須再繞進地下道重走。

但是，對小晴這種每天通車的學生來說，走錯路這種事情，幾乎是不可能發生的。可是，今天的情況卻有點奇怪。

小晴一直往前跑去，卻一直沒有跑到目的地，讓她心裡一直浮著令人不安的感覺，心跳更隨之加速。

怎麼一回事呢？出口應該要到了啊？明明就是這個三叉路口右轉啊？為什麼不對呢？

為什麼這條路會這麼長呢？這個轉彎也轉太長了吧？好像永遠轉不完似的……

小晴心裡越急，腳步就越快，喀答，喀答，喀答，喀答……皮鞋蹬在地上的清脆響音，也就越急促。

然後，小晴突然感到一陣怪異，猛然停下了腳步。

接著，她的背後響起一個不屬於她的腳步聲。

喀答！

小晴頓時感到一陣涼意，從腳底冒了上來，這腳步聲是哪來的？

她不敢轉頭，只是緩緩把腳抬了起來，然後輕輕放下，她學校訂製的黑色皮鞋，踩在地上，發出清脆的聲音——「喀答！」

沒有回音？小晴傾聽了一秒，沒有聲音，呼……是她聽錯了……

喀答！

這一次，小晴確確實實聽到了，在她腳步落下之後兩秒鐘，後面傳來一個清脆的「腳步聲」。

哪有回音會這麼久才響起的……那這個喀答聲是怎麼回事？

「啊啊啊……」小晴尖叫起來，她沒膽回頭看，用手抱住書包，開始死命狂奔。

她不斷地往前跑，她聽到自己急促沉重的喘氣聲，聽到自己皮鞋的腳步聲，還有……第三個聲音！是那個窮追不捨的腳步聲！

為什麼？為什麼地下道這麼長？好像永遠跑不完似的！

為什麼？小晴眼淚不爭氣地流了下來，誰來救救她……誰來救救我……？

小晴呼吸越來越喘，她沒辦法再跑下去了，她覺得自己的心臟像是要爆炸一樣，終於，她支持不住了，腳一軟，她書包摔落在地上，整個人跌倒了。

躺在地上的小晴依然忍不住傾聽，背後的腳步聲還在嗎？

一秒，兩秒，三秒……沒有了？

小晴鬆了一口氣，她用力抓起了手上的書包，正要起身，可是，她的背後卻再度響起了腳步聲！

喀答……

喀答，喀……

在紛亂的腳步聲中，小晴驚懼地回頭看去。

然後，一聲淒厲無比的慘叫，從她的五臟六腑中硬擠了出來……

這聲垂死的慘叫迴盪在地下道之中，久久不停，可是沒有引起任何人的注意……

地下道慘白的光線下，只剩下一個摔落的書包，裡面的書本和雜物落了一地。

刺目豔紅的鮮血慢慢地暈開，沾染了地下道的地板，並將一封潔白的信件染成了華麗的粉紅色。

信件上是這樣寫著：

「給小晴

我喜歡妳很久很久了。

大頭」

第一章　寄來的信件

我今年大二，在台北念某間大學，念的是所謂的理工大學，理工大學的特色就是女生真的很少，少到你會以為自己念的是男校。

更可悲的是，我高中在台中念書，念的就是該死的男校，國中在彰化念書，念的也是該死的男女分班，換句話說，我除了國小曾經和女生有過比較親密的接觸之外，以後漫長的十年歲月，都像是一個進入少林寺修行的僧侶，每天吃齋念佛，戒除女色。

說真的，如果有一天睡醒突然發現自己成為同志，我都不會意外，這只能說是台灣教育環境造成的一個悲劇。

不過這些都是廢話，也都不是重點，重點在於我收到了一封信，一封高中學弟寄給我的信。

信的字很醜，不過醜得很熟悉，因為寫信的人是我的表弟，他跟隨我的足跡念了同一所高中，而且跟我加入了同一個高中社團。

靈異偵探社。

「這是什麼鬼社團啊？」一聽到「靈異偵探」這四個字，一般人都會直覺地罵出這句話吧！

我加入靈異偵探社一年，當時是為了解開心裡一個謎團，那時候我住的宿舍鬧鬼，我和幾個朋友因為玩「抽鬼」這個遊戲，召來麻煩的惡靈，弄得大家死的死傷的傷，之後，我為了「理解」這件事，所以才創立了這個靈異偵探社。

只是沒想到，正當我以為我已經脫離了那個該死的惡夢時，這封信又來了。

不過，這封信寫的不是抽鬼，而是一個關於「地下道」的恐怖事件。

老實說，「靈異」這種東西就像是毒品一樣，沒碰過的人就是一輩子沒碰過，碰過的人就會不斷碰到，而且，越是恐怖懸疑的靈異案例，越是引人入勝。

我看完這封信之後，幾乎沒說什麼，就直接上網訂了火車票，兩張。

一張給我，一張給許久不見的老友，胖子。

給學長兼表哥：

當你收到這封信的時候，應該很吃驚吧，畢竟我們自從我高一的入學典禮之後，就沒有再聯絡了。

我媽媽老是要我跟你學習，念這所高中之後，可以考上理工的大學，但是我知道我對理工的東西沒那麼濃厚的興趣。

我想走的是考古。嘿嘿。

我很慶幸在我的成長過程中，有一個像你這樣的表哥陪我一段，我們共同分享「靈異事件」的歲月讓我深受感動。

我目前接到了一個很怪異的CASE，基本上，這可能是靈異偵探社接到唯一一個真正的「靈異」案件，比起整天研究飛碟、外星人、尼斯湖水怪來說，這是一宗真正的案件。

我也坦承，我沒有能力去處理這個案件，所以我想請表哥回來幫忙。

委託人是我的同學，叫做「大頭」，他最近戀愛了，愛上了一個補習班的女孩子，可是他很倒楣，因為那個女孩子出了意外。

而且就在大頭跟那個女孩表白的當天晚上，女孩被人發現陳屍在火車站附近的地下道裡面，死狀很糟糕，糟糕到我不想多說，簡單來說她是被燒死的，可是現場卻沒有任何火災的痕跡，換句話說，她是被「無名火」燒死的。

這件事，讓人聯想到幾年前台中最有名的「衛爾康」大火，那個時候甚至有人謠傳有一艘幽靈船開到了台中的上空，船如果沒有載滿乘客，就不會離開。

警察無法處理這個案件，他們以「這名女子遭人謀殺然後焚燒棄屍」結案，但是大頭卻不這樣認為，因為，大頭可以提出證明，這女孩並沒有遭到謀殺的機會，因為在案發的當天，大頭曾經找女孩出來，並交給她一封表白信，然後大頭又陪她走了一段路，直到目送她進了地下道。

大頭現在非常的悔恨，他覺得他應該陪那個女孩走進地下道的，可惜他沒有，然後整件悲劇就發生在地下道裡面。

短短的十五分鐘，在地下道裡面到底發生了什麼事情呢？

我們知道警察對於這樣的案件的處理態度，警察必須相信凡事都有科學解釋，不然他們無法結案，所以大頭轉而向我求助。

而我很想幫助大頭，不只是因為他是我的好同學，還有看到他神傷的樣子，他是真的很喜歡那個女孩，他暗戀了那個女孩整整兩年，好不容易鼓起勇氣表白，卻發生這樣的事情，實在很倒楣，倒楣到我覺得自己有義務幫他！

所以我今天寫了這封信給你，表哥，你高中時候那個「抽鬼事件」現在還在我們宿舍流傳著，你和另外一個同學已經成為我們津津樂道的兩個英雄，所以，我誠摯地邀請你回台中。

我相信你會回來的，因為你跟我說過……

「不是我們去找靈異事件，是靈異事件會自己來找我們。」

表哥，這一次靈異事件已經找上門了，你是選擇袖手旁觀？還是勇敢面對呢？

P.S. 這封信的還附有當天命案的剪報，請詳閱。

表弟阿智敬上

看完這封信，我嘴角揚起了笑容，罵了一聲「阿智，這個臭小子！」。

這封信從一開始跟我拉交情，感激我，然後提到正題，最後再用「袖手旁觀」來挑釁我，擺明就是要引我上鉤，這個阿智，嘿，真是長大了啊。

這個靈異題材的確非常有趣，不過引起我興趣的，主要是「無名火」這三個字。

打開世界的靈異搜奇網路，「無名火」一直都是永遠不墜的熱門話題，甚至可以追溯到中古歐洲的巫婆事件，而科學界對於「無名火」的推測，更是眾說紛紜。

所謂的無名火，就是在沒有任何起火源的情況下莫名其妙的起火。

通常發生在年紀較小的孩子身上，但是也發生在成年人的身上，甚至有人終其一生都會被無名火所困擾，這個人不論到哪裡都會引起火災，從他家裡、學校，甚至他死前在醫院，都有床單燃燒的事件發生。

為什麼呢？科學仍然無法解釋，目前有一種說法是針對「電磁波的不穩定」這方面研究，以科學的說法來說，人是物質，而只要是物質就會散發電磁波，無名火的發生可能是那人體內的電磁波太強，影響到周圍的環境而造成火災。

但是，這個電磁波的說法，最有趣的一點，就是剛好和一個東西吻合，那就是「靈騷現象」。

將「電磁波過強」置換成「靈波過強」，那就會造成靈異事件中最有名的靈騷現象，靈騷一旦發生，周圍數十公尺的物體都會被影響而顫動。

所以我說小智這傢伙將來一定會成為大人物，因為他只憑三個字「無名火」，就抓到了他表哥的心，沒錯，如果這真的是一個無名火的事件，那真的值得我跑上一趟。

挑戰「無名火」，一定是一個很有趣的東西吧！

在高中附近的一家麥當勞裡面，我們五個人碰面了，為什麼有五個人呢？

一個是我，第二個是我表弟阿智，第三個是阿智的同學，也就是這次事件的苦主大頭。

第四人是一個女孩，她叫做薇薇，是死者的最好朋友，好像每個女生在念高中的時候，都必須找一個推心置腹的朋友，而這個薇薇就是扮演這個角色。

第五個人是薇薇的男朋友，黑皮，他顯然相當不放心薇薇一個人參與這樣怪異的行動，於是決定加入我們。

聽到這裡，你有沒有覺得我少算了誰？

沒錯，我少算了一個人，叫做胖子！也就是抽鬼事件的另外一個主角。

這個死胖子遲到了，我寫 email 給他的時候，他還回信說他會趕來，結果他竟然給我遲到！這個死胖子！

但是，我們沒時間等胖子了，因為我是一個大學生，大學生的悲哀就是他必須回去上課，尤其是當教授以點名來計算學期成績的時候，所以我必須在最短時間內解決這個靈異的無名火事件。

一開始由大頭來描述他所知道的部分。

這個受害的女生，叫做小晴，跟大頭在補習班認識，認識的時間長達兩年，大頭從本來的欣賞，慢慢變成了愛慕，終於在星期三這一天，寫了一封信給小晴，跟她表白。

小晴一開始先是錯愕，然後就笑了起來。

她並沒有給大頭一個完整的回覆，但是她很小心地把那封信收進了書包裡面。

「下禮拜三的補習結束，我會給你一封信。」小晴雙手抱住放有信件的書包，露出任何人都會心動的甜美笑容。

「嗯。」大頭的心臟怦怦亂跳。小晴的態度很好，那表示他是有希望的嗎？

「等我回信。」小晴笑著說。

「好。」大頭用力點頭。

然後，大頭和小晴兩個人就一起騎腳踏車到火車站附近。

「時間呢？」我聽到這裡，忍不住打斷大頭。「你送她進到地下道的時間呢？」

「十點二十分。」

「記得這麼準？」

「當然，因為小晴說過，她必須要趕十點三十分的火車回家，而那一天，她只差十分鐘就坐不上火車了。」

「嗯。」我從口袋中拿出那份兇殺案的剪報，「警察根據掉落在地上的手錶判斷，死亡時間，是十點三十五分，換句話說……」

「兇手不可能在十五分鐘內綁架小晴，殺死她，點火焚燒她的屍體，最後再運回地下道……」小智接口。

「所以整件兇殺案都是在地下道完成的。」我嘆氣。「可是警察並沒有發現任何可疑份子進出地下道啊。火車站是一個人潮來往的地方，要過濾兇手難度更高了。」

「我知道，目前整件事都籠罩在一片謎團之中。」小智聲音提高。「所以我才要請表哥回來啊。」

「我是對無名火有興趣，但是，抓兇手並不是我可以做的，拜託，這是警察的事情好嗎？」

「阿智的表哥，對不起，我想你誤會我的意思了。」這時候，一直苦著臉沉默的大頭開口了。「我並沒有要請你找出兇手的意思。」

「不要我找出兇手？」

「是的。」大頭來回搓動著他的手指頭，那雙幾天沒睡的眼睛泛著血絲，凝視著我。「我是想請你幫忙一件事。」

「什麼事？」我放下手中的剪報，與大頭對視，我在他眼中看到了令人不安的執著。

「我想再見小晴一面。」大頭眼中泛起了淚光。「因為我想知道……表白的結果。」

中國最古老的喪葬習俗中，有這麼一項，叫做「頭七」。

頭七的含意是，往生者在死亡之後的第七天，會回到人間，原因不明，據說是一種習俗。

如果大頭想要見到小晴，那一定選在頭七這一天，前提是他要見得到小晴才行。

我私底下把小智拉到一旁，怒氣沖沖地罵了他一頓……

「我是對靈異的事情有興趣！但並不是法師好不好。」我生氣地說：「如果你們要招魂，會不會找錯人了？」

「我們請表哥回來並不是要招魂，我們有自己的辦法可以招魂。」小智被我一罵，聲音中透著委屈。「我們請你回來，只是要幫我們看著……」

「看著什麼？」

「看著有沒有危險，表哥您的經驗比較夠，如果出事了，可以看著我們，不要讓事情惡化。」

「我哪有那麼神！」我對小智的異想天開感到無奈。

「其實……會不會招魂成功我也沒信心，但是看到大頭他那麼難過，一個暗戀了兩年的女生，在收到表白信之後卻莫名其妙地死掉，任誰都會不能接受吧！」

「嗯……」我沉吟了起來。「那小晴的頭七是什麼時候？」

「這禮拜三。」

「咦?今天是星期三了欸。」我一呆。

「是啊，就是今天晚上了！」小智露出微笑。

看到小智的微笑，我突然有一種上了賊船的感覺。

「不過，胖子這傢伙還沒到。」我嘆氣。我和胖子兩個人在高中時期遇過一件很恐怖的事情，所以培養出比任何人都要好的默契。

「沒關係，表哥你只要在一旁看就好，剩下的交給我們就行了。」小智笑著說。

突然間，我有一種奇怪的感覺，這個小智難不成也要學我和胖子，締造一個高中的靈異傳奇？

可惜的是胖子沒來，我依賴胖子，是因為我是看得到鬼魂的人，而胖子不是，所以我容易被鬼魂所傷害，胖子反而不會。

我需要的是胖子的膽子。

不過既然時間這麼緊迫，我也只能硬著頭皮上了！

現在是星期三晚上的十點十五分，距離一個禮拜前的案發時間，剩下五分鐘。

我們五個人集合在地下道的入口，此刻的火車站人煙稀少，因為末班公車開走了，火車站裡頭的人員也已經下班，只剩下幾個打著呵欠的輪班人員。

我看著這個地下道，突然一種怪異的感覺迎面直撲了過來，那是一種讓人發寒的毛骨悚然。

這個地下道，的確不對勁。

我記得曾經和朋友討論過「容易產生恐怖感覺」的地點，深夜鐵軌、地下道、晚上的海邊、暗夜死巷、隧道……等等，這些地方都會給人一種莫名的扭曲感。

尤其是地下道這種地方，終年曬不到一絲陽光，只靠著幾盞薄弱的日光燈提供照明，容易積聚陰氣，再加上埋在地底，九陰之氣由下往上，這種地方特別容易出事。

但是，奇怪的是，眼前這個地下道又特別讓我感到不安。

是因為心理作用嗎？因為我知道小晴慘死在這個地方，所以特別害怕？還是真的有什麼靈異的原因，讓這個地下道透露這樣陰森的氣氛？

「時間差不多了！」這時候，大頭出聲了，他手裡提著一袋東西，沉甸甸的不知道是什麼……

「走吧！」

一踏進這個地下道，我不安的感覺又更強烈了，彷彿整個地下道是一隻白色怪物，它張大了嘴巴，等待獵物們自投羅網。

壓迫感，好大的壓迫感啊。

我感到胸口好悶。白綠相間的碎瓷磚，飄散在空中悶溼的臭味，最讓人感到不安的，還是地下道死白的日光燈。

一種無法說明的感覺，在我一踏上這地下道之後，立刻從心頭湧了上來。

燈光，這地下道的燈光明明就這麼白，這麼亮……為什麼會讓人產生不舒服的感覺，好像根本看不清前面的景物，好像空間在這裡就產生了扭曲和斷層。

我記憶中的火車站地下道，是這個樣子嗎？

還是，最近有發生了什麼事？

沒錯，除了小晴的死，這個地下道一定還隱藏著什麼祕密。是的，一個恐怖的祕密。

我們五個人，一起走進了地下道，在走進去之前，我還特地傳了一封簡訊給胖子。

「混蛋胖子！我們現在在火車站附近的地下道，如果你趕得上，就趕快過來吧！」

我按下send鍵，然後一腳踩進了地下道的階梯，幾乎在同時間，我看到自己手機的「收訊格數」，瞬間降為零。

在這個地下道，對外通訊的機會是零？我心頭嘀咕了兩下。安慰自己，因為地下道和電梯一樣，都屬於電磁波收訊不佳的範圍，所以我強壓下心頭的不安，繼續往下走。

可是當我事後回想起這件事，也許我該將它視為一種「警訊」，所有的靈異事件在發生之前，都是有警訊的，像是鄰居不對勁的笑容、突然碎掉的鏡子，以及在你面前一閃而逝的黑貓。

如果你忽略了警訊，那麼接下來發生的事情，你可要自己負責了。

說到黑貓。

我們才一走到地下道，迎面而來的，就是牆邊的一隻黑貓。

牠正睜著一雙碧綠的大貓眼，無聲凝視著我們，一身純黑沒有瑕疵的潔淨毛皮，完全看不出牠是一隻流浪貓。

「喵——」

黑貓一個縱身，消失在地下道的那一頭，留下背脊發涼的我。

為什麼我會背脊發涼？因為黑貓就是靈異的象徵，說牠是靈異的信差也不為過。

整件事，彷彿在湊齊所有恐怖元素似的，不斷往失控的方向前進。

第二章　地下道內的人

「小智，我有不好的預感。」看到黑貓跳開，我伸手抓住了小智的肩膀，低聲說：「這座地下道並不單純，今天會出事！」

「不會啦。」小智搖了搖頭，他聲音中興奮和恐懼交雜，「如果真的出事也不錯啊，我成為靈異偵探社社長也兩年了，連個鬼魂都沒看過，我真的很羨慕表哥你勒，有機會可以接觸到真正的靈異事件。」

「你從來沒有接觸過靈異事件？」

「是啊。」

「所以你是屬於看不到鬼的那一型？」

「嗯……表哥，你是說人的生辰八字嗎？我有五兩一喔，我的八字太重了，所以看不到鬼，唉。」小智大大嘆了一口氣。

「看得到鬼有什麼好？」我有點生氣地說：「你這個笨蛋！」

「我沒有說看得到鬼好或不好，只是……」小智說：「總覺得人生應該要看一次鬼，只要一次就夠了。」

我發現我完全無法和小智這個渾小子溝通，因為他已經完全陷入「崇拜靈異事件」

的狂熱中了，可是你這個笨蛋，看不到鬼，並不表示不會被鬼所害啊！差別只在於，你會被害得糊裡糊塗，或是被害得清清楚楚而已。

「好，小智我問你一件事。」我深吸了一口氣，如果小智是看不到鬼的體質……「你剛才有看到那隻黑貓嗎？」

「黑貓？」小智一呆，「什麼黑貓？」

「你看不到？」

「我不懂，也許沒有注意到吧？」小智歪著頭想著，「剛剛有一隻黑貓嗎？」

這一剎那，我的腳步遲疑了。

小智看不到黑貓，那表示那隻黑貓是……

我遲疑著要不要立刻轉身就走，離開這個散發著詭異氣氛的地下道，脫離這群不知道天高地厚的高中生。

可是，我只遲疑了一秒，就跟了上去。

因為「小智是我的表弟」，就是為了這個原因，我必須跟上去，當年我沒來得及保護同學，讓他們一個接著一個消失在抽鬼的遊戲中，也許，這一次我有機會保護他們。

只要有一點機會，我就還不能放棄。

現在的時間是十點十八分，眾人皆沉默，走在壓迫感很大的地下道，每個人都安靜了下來。

因為我走在最後面，讓我有餘裕去觀察前面四個人。

走在最前頭的是整個事件的悲情人物大頭，他的頭並非真的很大，很奇怪的是，高中時候幫同學取暱稱，總是會取一些跟事實不符的暱稱。

像是「大頭」，我覺得他會被叫大頭的原因，可能是因為他的身體比較小，脖子比較細。

像是被取做「胖子」的人，往往不是團體最胖的一個。

被取名叫做「金城武」的同學，往往長得像菜頭或是小亮哥。

不管怎麼說，大頭在小智的描述裡面，是一個相當癡情而且內向的人，暗戀同一個女孩長達兩年，終於鼓起勇氣表白。

就連女孩死去，他都堅持要回到恐怖的事發現場，尋找最後一絲和女孩相見的機會，這樣的癡情，我自嘆弗如。

走在第二個的人是薇薇，她留著一頭快要及腰的長髮，雖然年紀只有十七歲，卻已經展露一種魅力風華，也難怪她這麼早就交了男朋友。

隨著我逐漸長大，我明白女孩的友情是很神祕的，她們親密的程度甚至超過了男女朋友，共同分享祕密，共同保守隱私，甚至許多女孩的初吻對象並不是男朋友，而是這樣一位私密的同性朋友。

而薇薇願意參與這次的行動，相信跟小晴一定有非比尋常的友情吧。

而緊緊牽著薇薇手的那個男生，如果我沒有記錯名字的話，叫做黑皮。

黑皮不是我們學校的學生，因為他留著一頭及肩的長髮，然後用橡皮筋很隨意地束了起來，這樣的髮型在我們高中男校是不被允許的。

而且黑皮有一種跟整天讀書的書呆子不同的氣質，不，我不該用氣質兩個字，應該說是「氣勢」，那是一種我在香港古惑仔電影才會看到的「幹架的氣勢」。

所以說，這個黑皮是個狠角色！

只可惜，狠角色是在現實生活的形容詞，因為我們要面臨的世界是鬼魂掌管的，只是不知道鬼魂怕不怕流氓的狠勁？

然後，走在我前面的那個渾小子叫做小智，是我表弟。

我跟這個表弟的交集，都集中在小時候，因為我在國小的時候常會去表弟家度假，而當時兩個年齡相近的小孩，很自然就會玩在一起。

在那個時候，小智就很愛恐怖故事，常常拉著我唸恐怖的童話故事給他聽。

你會覺得很奇怪嗎？給小孩子看的童話故事中，怎麼會有恐怖故事？那你的觀念就錯了，事實上所有的童話原形都是為了記錄當時風俗民情，或是君主為了達到某種目的所傳遞出來的隱喻。

換句話說，童話的本質並不是給兒童看的，所以裡面有恐怖元素是很自然的。

如果你看過原版的睡美人，你就會覺得裡面王子親吻老他整整一百歲的新鮮屍體，是一件多怪異的事情！

更別提所有驚悚童話中的老大——藍鬍子了。

一個變態伯爵把以前的妻子都吊死在地下室，然後將鑰匙放在櫃子裡面，告誡新任妻子千萬不能打開，這故事裡所放進的恐怖元素，比其他的故事更加動人，因為它還摻雜了人性的考驗。

你也知道的，如果告訴一個女人說「千萬別打開它」，那麼它的意思就是「快！快點打開它！」，女人的好奇心之強，從古老希臘的潘朵拉之盒就得到了證明。

奇怪的是，我這個表弟小智，就是喜歡這個調調，真是怪小孩，真不知道是跟誰學的啊……他明明有一個真誠又善良的表哥啊！

這個陰森的地下道，並不是只有我們五個人而已。在我觀察前面四個人的時候，已經有幾個人和我們擦肩而過。

這樣才對。這樣才是正常嘛！

現在的時間才十點二十分，以台中市繁榮的程度，地下道應該還有行人才對。

這裡當然不能跟台北捷運地下道和台南火車站的商圈相比，每個住過台中的人都知道，台中火車站附近已經是末日皇朝了。

早期的台中中區，也就是火車站附近，曾經閃耀亮眼，熱鬧繁華，創造出像是「第一廣場」這樣的商界傳奇。

可惜，現在的第一廣場已經沒落為外勞的集散地，你一走進去，會感覺像是上海的租界一樣，連國語都不容易聽到。

缺乏完整的規劃和交通不便，讓台中北屯區快速沒落，如今整個經濟體已經移向台中西區，在方便的聯外道路和寬闊土地的引誘下，台中西區成為都市建設的新寵兒，同時也成為台中區黑社會勢力角逐的新戰場。

是的，台中的治安不好。

因為台中西區這塊尚未開發的經濟處女地，實在太肥美了，終於引來了南北兩邊貪婪的狼群們。

不過這不是重點，我們的重點是地下道。

走在這地下道之中，我很慶幸的是，我們並不是唯一的五個人。

地下道不愧是地下道，總是伴隨著幾個特殊的族群，其中一個族群叫做「流浪漢」。

流浪漢可以說是一群對社會制度不適應的邊緣族群，為了遮風擋雨，他們選擇出沒在橋墩下、工地中，以及此時此刻的地下道裡頭。

走沒幾步路，剛看完黑貓沒多久，我們就在地下道第一個出口旁，看見了一名流浪漢。

他穿著流浪漢標準的配備，冬天的褲子和夏天的上衣，兩頂帽子戴在頭上，臉上一片漆黑污濁，雙眼無神趴伏在地上，我無法分辨他是睡著還是清醒？也許對他來說，睡著還是清醒，已經不是那麼重要了吧！

就我所知，流浪漢們還是會劃分地盤的，這個流浪漢掌管著地下道這塊領域，我該尊敬他，好歹也是一個地下道之主。

這個地下道共有兩個三叉路口，六個出口，我們從其中一個出口進來，經過第二個出口的時候，又看見了屬於地下道的第二個族群——「算命師」。

這個算命師看起來也是一副昏昏欲睡的模樣，他前頭擺著一張桌子，桌子上面則擺了各種用來算命占卜的道具。

我們五個人排成一條直線，緩緩地從算命師的面前走過，這個算命師看起來真的很累了，因為他沒有理睬我們，只是自顧自地打盹。

不過，就在小智走過算命攤，輪到我走過的時候，突然……

啪！一隻手握住了我的手！

我一震，轉頭，剛好對上了這個算命師的眼睛。

這雙眼睛裡頭沒有剛才的睡眼惺忪，取而代之的，是如同黑夜星子般銳利的光芒。

「小子，這裡不是你該來的地方。」算命師的聲音又低又沉，頗具威嚴，與其說是勸慰，不如說是警告。

「啊！」我聽完身體一跳。

「但是，」這時候，算命師雙眼的光芒卻在瞬間消散，又恢復了本來迷濛的眼神。

「只要你付三百元，我馬上幫你改運……」

「神經病！」我手一甩，把算命師的手甩掉，「媽的，你們算命的只會搞這一套……危言聳聽！」

「嘿。」算命師用力打了一個呵欠，轉過頭，又繼續打盹起來。

倒是我感到很不舒服，剛剛算命師那句話只是為了騙財說出來的嗎？還是真的……？

突然間，我感到手腕有些怪異，抬起手腕一看，我嚇了一跳……

竟然有一圈黑色的手印。

這是剛才算命師的手印？他的手怎麼會這麼髒？而且這黑色的手印，細細碎碎的黑色粉末晶粒凝聚在上頭，怎麼好像是……煤灰？

還有，那句「這不是你該來的地方」究竟是什麼意思？

想到這裡，我心頭又開始發毛。

我們五個人繼續往前進，在第一個三叉路口，剛好遇到其他的行人，慢慢走了過來。

這次是一名孕婦，看她的肚子大小，應該懷胎將近七八個月了，她一手抓著樓梯欄杆，有點遲鈍和艱難地慢慢步下樓梯。

在她的前面，有一個大概五六歲的小孩子，應該是孕婦的小孩吧，這個小孩覺得媽媽走路很慢，所以常常跑到前頭等媽媽，然後又跑回來拉媽媽的手，一副精力過剩的模樣。

正當我們五個離開的時候，我忍不住又回頭看了那對母子一眼，我看見那個小孩正蹲在牆邊塗鴉，他的手又黑又髒，用手指頭在牆上畫了一個「井」，正自己玩著「圈圈叉叉」這個遊戲。

我只看了一眼，就將頭轉回了正面，同時間，我內心卻升起一種怪異的感覺。

好像有什麼東西不太對勁？

於是，我又把頭往後轉，看著他們。

眼前的景物並沒有改變，依舊是緩步的孕婦媽媽，還有在牆邊用黑色手指塗鴉的小孩。

我歪著頭想了一下，又把頭轉回來。

直到我們越離越遠，他們兩個人消失在空曠的地下道轉角處，剩下一片令人窒息的白色瓷磚。

我依然困惑著。

哪裡不對勁呢？孕婦？小孩？牆壁？「井」的遊戲？

突然，我瞄見了手腕上那圈黑手印。

手！

是的，那個小孩的手跟算命師一樣「黑」！

第三章　招魂

「到了！」

就在我吃驚和困惑之際，走在最前頭的大頭終於停了下來。

停在一個牆邊的角落，這個角落雖然已經被清洗過，可是仔細一看，仍可以看出滲入瓷磚裡面的鮮血和焦黑的痕跡。

小晴就是在這裡遇害的嗎？

「時間剛好，我要招魂了。」大頭放下手上的袋子，我終於瞧見了神祕袋子裡頭裝的寶貝了。

一包祭祀用的香，一疊金紙，一根上面綁著塊白布的短竹竿，看起來像是招魂幡，最後最吸引我注意的，是一本徐氏數學的參考書。

「怎麼會帶數學參考書啊？」我忍不住出聲，「小晴這一死，唯一可以慶幸的就是脫離了台灣的考試制度……你你你……竟然還帶參考書來折磨她？唉……」

「才不是！」大頭聽我這樣一說，馬上羞紅了臉低下頭，不愧是典型的內向癡情男孩。「這一本書……是她生前用過的參考書，我聽說如果要招回往生者的魂魄，最重要的是『死者的遺物』，我只能拿到這本書而已。」

「好吧。」我聳聳肩，退到了一旁，「隨你，趕快開始吧，時間不早了。」

「嗯。」大頭用力點了點頭。

此刻的地下道，慘白的光線仍然籠罩著，大頭拿起了塑膠袋內的道具，先拈香祭拜，然後點燃金紙，最後再搖起招魂幡。

在台灣民間習俗中，香的味道可以吸引鬼神降臨，燃燒金紙則像是奉獻金錢給鬼神，這兩樣物品在台灣日常生活中可以說相當常見，舉凡各種需要祭祖拜神的節日，幾乎是家家戶戶都必備。

雖然說這幾樣東西平常還算常見，但是說真的，在這個晚上十點二十分的時刻，尤其是這樣一個充滿怪異氣氛的地下道，一片令人呼吸困難的靜謐之中，出現這些東西還讓人感到相當不舒服。

看著三炷香白煙慢慢浮起，金紙在鐵盆中發出滋滋的聲音，而大頭手上的招魂幡白布抖動，我的手心開始不自覺地冒汗。

陰間的小晴，是不是真的會出現呢？

時間，不知不覺已經過了五分鐘。

金紙已經燒到了尾聲，而長長的一炷香也燒了一半，大頭手上的招魂幡因為右手搖累了，換到了左手。

在眾人此起彼落的急促呼吸聲中，在空蕩的地下道裡頭……

小晴，卻始終沒有出現。

「怎麼會呢？」大頭顯得相當沮喪。「小晴為什麼不出現？今天不是頭七嗎？」

連站在一旁的薇薇都露出難過的表情。

「也許……小晴不喜歡數學參考書？」這時候我試圖緩和悲傷的氣氛，不過似乎沒有什麼效果，也許是我的笑話太冷了。

「唉呀，這個我知道啦。」這時候，黑皮開口了，「我有聽我奶奶說過，死者不會回來的原因……」

「什麼原因？」大頭抬起頭，急切地問道。

「很多原因啊，什麼天時地利人和，我奶奶講很多，但是勒，我記得她說過如果這些條件都對了，往生者還不願意回來，那表示我們裡面有小晴不喜歡的人，所以她才不願意回來啦！」

「小晴討厭我們其中一個人嗎？」小智接口。「那她是討厭誰呢？我們根本就不認識小晴啊。」

「所以……小晴是討厭我啦！」大頭說完，雙手蒙住臉難過地說。「我的表白結果，還是失敗了嗎？」

「那可不一定喔。」小智看了眾人一眼，「這裡和小晴熟的人，可不止一個勒……」

聽到小智這一句話，所有人先是一呆，然後目光同時集中到一個人身上。薇薇。

「幹嘛？你們幹嘛啦！」薇薇激動地快哭了出來，「你們這是什麼意思，我跟小晴是最好的朋友，你們為什麼要這樣懷疑我？」

見到薇薇著急的樣子，黑皮連忙把薇薇拉進懷中，低聲安撫。「賣哭啦，賣哭啦，也沒人在說妳啊！」

「都是你啦！黑皮！」薇薇把頭埋在黑皮的胸口裡面，雙手用力搥打。「講什麼有小晴不喜歡的人！都是你啦！」

「是我不對啦。」黑皮一看到薇薇生氣，古惑仔也變成俗辣，顛三倒四地拚命解釋，「我沒想到妳啊，我知道小晴走了之後，妳最傷心了！妳每天晚上都會做惡夢，說那個什麼『小晴，對不起』……」

「你還說！」薇薇臉色突然大變，然後抬起腳，往黑皮的腳板用力一踩。

痛得黑皮發出一聲哀號。

「啊啊，對不起，我不說了。」黑皮顯然搞不懂薇薇怎麼會突然這麼生氣，只是拚命道歉，女人果然是世界上所有東西的剋星，管你是流氓還是王子，通通束手就擒。

不過，我和小智互看了一眼，我們似乎都對同一件事感到不對勁。

薇薇那句「小晴，對不起……」是什麼意思？

一般來說，自己最好的朋友發生意外，會出現「對不起」這樣的字眼嗎？

難道，薇薇隱藏了什麼我們不知道的祕密嗎？她為什麼願意陪大頭來招魂？是不是她也有話想對小晴說？小晴真的是因為討厭薇薇，才不肯現身的嗎？

諸多謎團，在我心頭瞬間湧出。

可是，我並不喜歡一個團體之間，出現互相猜忌的情緒，於是我在這時候打起了圓場。

「是啊，我覺得啊，招魂這種事晴如果每次都會成功，我們就不需要科學辦案了，警察想要破案，招魂就對了，不是嗎？」

「是啊。」小智也點頭。「不過大頭你的招魂儀式就這樣喔？如果沒有了，我們就回去囉。」

「其實……」大頭遲疑了一會。「還有啦，只是……」

「只是什麼？」小智問道：「幹嘛吞吞吐吐的？」

「只是，這個方法我朋友說最好不要亂用。」大頭苦笑。「這是特殊的招魂儀式。」

「什麼特殊的招魂方法？」

「你們有看過一部電影叫做《見鬼10》嗎？裡面有十種幫助人們見鬼的方法。」

「你是說那部恐怖電影嗎？」我們面面相覷，回想起見鬼10那些具有震撼力的驚悚畫面，轉換到此時陰森的地下道氣氛，都禁不住打了一個寒顫。

「我知道見鬼10的方法，像是深夜玩碟仙，將屍泥抹在眼皮上，甚至是進入假死狀態，這些都是見鬼很有名的方法。」小智畢竟是靈異偵探社的社長，很輕易地說出幾種見鬼的方式。

「別忘了，還有在鬧鬼的儲藏室玩抽鬼遊戲。」我接口。「不過，大頭你要用哪一種？」

大頭看著我們，嘴唇動了動，只吐出了一個字。

「火。」

「火？」我們一呆，所人同時問道。

「用火燒小晴生前的東西，然後眼睛透過火焰去看這個地下道，也許就會看到小晴了。」大頭說。

「我沒聽過這種方法。」小智和我一起搖頭。「民間的習俗中，火有淨化的意思，所以在乩童拜神的時候，需要經過一道『過火』的儀式，來表示乩童已經受到了神明的庇佑。」

「我朋友說，因為人的死法不盡相同，小晴死掉的時候和火有關，她是被火活活燒死的，她的怨念跟火產生聯繫，所以選擇跟火有關的招魂儀式，比較容易能和她取得聯絡。」

「嗯。」我不置可否，畢竟我們要燒東西給冥者，也是透過「火」這個媒介，所以我對大頭這個理論半信半疑，但是……我又想到另外一件事。

「只要從火焰中，就可以看見死者嗎？會不會太簡單了。」我遲疑著。「還有，你那個朋友是誰？為什麼懂那麼多？」

「他是一個我從網路上認識的朋友。」大頭說：「除了火之外，還有一個祕訣。」

「什麼祕訣？」

「我們要把死者遺物的煤灰，抹在眼皮上。」

「啊！」這時候，薇薇低叫了一聲。

「啊！薇薇妳怎麼了？」「妳想到什麼了嗎？」「還是妳看到……」

大家聽到薇薇突然叫了出來，每個人都露出緊張的表情，轉頭看著她。

「沒事沒事啦。」薇薇搖著手。「我只是覺得把煤灰抹在臉上……這樣很髒欸，連手都會弄髒。」

「喔，怕什麼髒？等一下再洗就好啦。」黑皮摸了摸薇薇的頭。

「是嘛，婦人之見。」小智也忍不住吐槽。「一點小髒而已。」

「好啦好啦，既然要燒，那就快一點啦！」薇薇有點不高興，催促地說。

大頭先將這本數學參考書撕開，然後每個人都取了幾頁折起來，用打火機點上火焰。

看著火舌在參考書的潔白紙頁上緩緩燃燒，突然我有種困惑的感覺，現在的我究竟在幹什麼？

只是為了見到小晴的靈魂而已，整個事情竟然逐漸複雜起來，原本傳統的招魂儀式失敗，竟然要用到特殊的招魂方法？

看到橘紅的火焰，將原本慘白的地下道映成了一條鮮豔的甬道，我們幾個人的影子，被火焰擴大後，投射在牆壁上，很深沉的陰影，好像有什麼東西在影子後悄悄竊笑著。

我不喜歡這種感覺。好像有什麼事情要發生了……

「其實燒參考書一直是我的夢想欸。」小智打趣的聲音在我耳邊響起。「沒想到有機會在這裡實現，哇哈哈！」

「是啊！是啊！」薇薇也附和。「可惜我沒帶我最想燒的英文課本來。」

「那我想燒理化。」黑皮嘿嘿地笑著。

我沒有參與他們的對話，因為我確實感到不安，看著手上閃爍不明的火焰，慢慢吞食著參考書的紙頁。

「現在大家把煤灰抹在眼睛上吧。」大頭開口。

只見大家用手抓了一把煤灰，放在手心搓一搓，抹在自己的眼皮上。

薇薇因為不想弄髒手，所以叫黑皮幫她抹，兩個小情侶在這個簡單的動作裡面，透露了小小的甜蜜。

我可以感覺到小智的興奮，因為他終於有機會看到鬼魂了。

我也可以感覺到大頭的執著，如果不是執念，他不會找出這樣一個怪異的見鬼方法。

「表哥，你不抹啊？」這時候，小智看到我傻傻的發愣，忍不住探頭過來詢問。「不然我幫你抹吧。」

「等一下！」我這句話才說到一半，小智的左手已經畫上了我的眉毛，可是我頭一低，躲掉了小智的右手。

但是，小智的左手還是在我的右眉眉心上，畫過了一道清楚的黑色煤印。

「表哥，還有一邊……」小智雙手滿是黑色的煤灰，露出笑容，緩緩對我走來。「我來幫你吧。」

不知道為什麼，我看到小智的笑容，還有他雙手手心朝上，手指盡是黑煤灰的模樣，我感到一陣心寒，這是害怕的感覺嗎？

為什麼我會害怕？

我又退了一步，背脊已經頂上了牆壁。我的眼睛卻沒有辦法離開小智的雙手，那雙佈滿黑色煤灰，逐漸逼近的雙手……

黑色的手心！

剛才在算命師和小孩的手上看到的，不就是這些黑色煤灰嗎？

「小智，等一下，你聽我說，把手心和眉毛的煤灰擦掉！」我急著大喊。「快點！聽我的！把它弄掉！」

「幹嘛？表哥你怕我嗎？」小智依然在笑，詭異地笑著。「怕我也見到鬼，你就當不成唯一的英雄了嗎？」

突然間我發現，我無法理解小智為什麼會露出這樣詭異的笑容？有什麼好笑？現在有什麼好笑的？

「不！」正當我要衝上前抓住小智的手腕，強迫他弄掉煤灰的時候，突然，我聽到身邊傳來一聲尖叫。

這聲尖叫來得又急又快，迴盪在陰森的地下道裡面，讓我們兩個同時停下了動作，轉頭，尋找叫聲來源。

而且，真正讓我們驚異的並不是尖叫本身，而是那聲尖叫所喊出的句子。

兩個字。

「小、晴！」

這聲尖叫是薇薇喊出來的。

「薇薇妳看到了？妳看到小晴了嗎？」大頭顯得很慌張，不斷左顧右盼，驚惶地追問。

「我看到一個東西飄過去！」薇薇的聲音拉得很高，緊繃的情緒在聲音中完全呈現。「好像……好像是小晴！」

「在哪裡？」小智也加入了追蹤的行列，他不斷地轉頭，尋找可能是小晴的影子。「在哪裡啊？」

「對了，要從火焰裡面看！」大頭猛然想起來，從地上放金紙的鐵盆裡頭，抓起一張點燃的參考書頁，放在眼睛的前面。「啊……啊！」

「大頭，你看到了嗎？」小智聽到大頭發出怪聲，也從鐵盆中拿了一張燃燒的紙片。「我看到有東西飄過去，白色的衣服，好像是小晴……我不太確定……」大頭透過火焰，不斷往四周搜尋著。

「我也要看！」薇薇也拿起了點火的紙條，放在自己的眼睛前。

此時此刻，氣氛已經詭異到了極點，幾個年輕人手上拿著點火的紙條，在地下道不斷往四面張望，如果我不知道這是一個招魂儀式，我還以為他們是哪裡跑出來的一群瘋子。

我沒有拿起點火的紙條，並不是因為對小晴的出現沒有興趣，而是心頭上的那股不安。整件事情已經開始失控了！失控的不只是情況而已，還包括我眼前這群好奇的高中生。

看著小智他們三個像是神經病一樣，抓著燃燒的紙條到處找人，明明很滑稽，我卻一點都笑不出來。

忽然，我發現了一件怪事。

我轉過頭，看著我身旁的人。

黑皮。

他，跟我一樣整個背脊都貼在牆壁上，他也沒有拿起火焰紙條。

而且，他的臉色慘白，慘白到一點血色都沒有。

「黑皮？」我低聲問了一聲。

他沒有反應，只是雙眼愣愣地凝視著前方，嘴巴微張，整個人傻掉了。

「黑皮？」我又問了一聲。「喂！你還好吧？」

「表哥，小晴有幾個？」黑皮的聲音在顫抖。

「神經病！『小晴』又不是籃球隊的名字，什麼有幾個？當然是一個而已！」

「那，那，那……」黑皮轉過頭看著我，原本兇狠的五官皺在一起，好像曬過頭的橘子皮。「那怎麼辦？表哥，我總共看到二十幾個影子啊！」

「什麼！」我聽到黑皮這句話，整個人像是陷入一片涼沁沁的冰窖中。

我之前就說過，每個人對靈異的感受力不同，有人天生就具有強大的感應力，故被稱為「陰陽眼」，有人天生比較遲鈍，這樣的人卻因為少了靈異的騷擾，反而活得較為輕鬆。

所以，就算同樣在眼睛上塗了煤灰，每個人看到的鬼魂也不全然相同。

小智、薇薇和大頭三人都只能透過火焰，來捕捉在地下道之中飄來散去的陰魂。靈感力最強的黑皮，甚至不用火焰，就發現整個地下道佈滿了鬼魂。

「黑皮，你沒唬爛吧？」我聲音發抖。

「沒有。」黑皮臉色整個煞白，整個背都貼在牆上，身體一直顫抖，看起來實在不像是在嚇人，「這種地方，這個時候，我怎麼還敢……還敢唬爛啊？」

我不知道黑皮有沒有唬爛，但是我知道有一個辦法可以證實這件事。

因為我對自己的靈感力有自信，而我之所以看不到鬼魂，唯一的解釋，就是因為我只塗了右眼的煤灰。

於是，我舉起了手，緩緩地，緩緩地蓋在自己左眼上。

隨著左手的陰影，緩慢地覆蓋住了我的左邊視線，左邊的景物逐漸消失，我的呼吸也越來越沉重，越來越急促。

呼……呼……呼……

直到，整個視線，只剩下我的右眼而已。

右眼……

然後，所有的畫面像是將電視突然轉台一樣，咻的一聲，切換成另一幅完全不同的畫面，畫面裡，我看見這一片幽靜慘白的地下道之中……

全部都是……鬼！

在地下道中四處遊走的，都是身影模糊，動作緩慢的鬼魂。有的鬼頭破了一個洞，頭上紅白的腦漿還一滴一滴的落下……

有的鬼嘴巴整個凹陷，流出不知道是唾液還是膿血的稠黃液體。

有的鬼少了一腿，斷了胳臂，在地上匍匐前進，手往前伸，發出像小貓一樣的低泣。

這些鬼，都有一個共通點，他們身上都有被火焰燒焦黑的痕跡！所以他們是被「火」給引來的嗎？

這個地下道和火有什麼關係？

只見他們越聚越多，不斷在小智他們三人周圍飄蕩著，逐漸把小智他們包圍起來，而那三個笨蛋卻渾然無覺。

我的媽啊！這個地下道裡面，究竟有多少鬼啊？

第四章　悲傷的記憶

「黑皮，你去拉薇薇！」我伸手對黑皮用力一推，「我們立刻逃離這裡！」

「啊？」黑皮還沒從震驚中清醒過來。

「快點！」我大吼了一聲，順手賞了黑皮一個巴掌。在平常時候，我是不敢隨便對路旁的古惑仔出手的，不過這是非常時刻，希望他不要記恨才好。

「啊！是！表哥！」黑皮立刻清醒過來。

另一邊，我跑上前抓住小智的手，把他從動作遲緩的鬼魂堆中拉了出來。

「幹嘛？表哥！」小智被我拉得差點跌倒，手上的點火紙條落在地上，火星四濺中，被我一腳踩熄。

「你現在很危險，你知道嗎？」我怒道：「你知不知道自己被鬼魂包圍了？」

「被鬼魂包圍了？」小智一愣，轉頭看了自己剛才站立的地方，露出又驚又怕又歡喜的複雜表情。

「是啊！」我再度一扯小智，「我們快離開這裡！」

「可是……表哥你剛剛說的如果是真的，為什麼那麼多鬼魂沒有害我？」小智摸了摸自己的身體，確認自己毫髮無傷。「你看，我一點事情都沒有！」

「笨蛋！」我用力拍了小智的後腦勺一下，「這些鬼是被你那個笨蛋大頭同學，用火引過來的，應該是死得不明不白的地縛靈，動作很慢，不算是厲害的鬼，可是……」

「可是什麼？」

「可是，如果真的惡靈來了！」我厲聲道：「你以為我們還能活著離開嗎？」

「真正的惡靈？！」小智聲音一顫。

「我有很不好的預感，火焰不斷把地下道的鬼魂吸引過來，很快地，一定會有真正恐怖的傢伙出現的！」

「恐怖……恐怖……的傢伙？」小智身體開始發抖。

「現在才知道怕啊？」我雙足邁開，用力狂奔起來，大喊：「跑啊！」

就在我說服小智的同時，另一頭的黑皮也成功拉開了薇薇，薇薇掙扎了一下，終於被黑皮用粗壯的手臂架起，硬是抱離了鬼魂包圍的地區。

我突然有種奇怪的感覺，無論是小智還是薇薇他們都已經陷入一種失神的狀態，在被鬼魂包圍之後，他們的精神漸漸地恍惚，失去了控制力。

沒錯，就算他們看不到鬼魂，還是會被鬼魂影響的。

鬼屬陰，人屬陽，地下道是終年沒有日光的地方，陰盛陽衰，加上鬼魂匯聚，更容易將人的陽氣奪走，陽氣一弱，意識就模糊起來，讓人在不自覺的情況下，一步步被拖入陰陽的交界中，成為亡靈的一份子。

幸好我們之中還有兩個人的靈感力較強，我和黑皮，至少可以保持意識清醒。

忽然間我想到了胖子，這個曾經跟我一起遭到靈異事件攻擊的人，他應該是屬於不容易被陰氣影響的人，胖子這個人行事沉穩，重要的是做人正派，他的陽氣也許比一般人還要強也不一定。

可惜，此時此刻的五個人當中，少了這一個像胖子一樣鎮壓全場的狠角色，就像一場我們和地下道亡靈的象棋競賽，我方一開始少了縱橫全場的「陣」。

而對方目前只派出小兵，就把我們搞得頭昏腦脹，他們的主力部隊「車馬」可是一隻都還沒有現身啊。

既然情況這麼糟糕，那唯一的辦法，當然還是三十六計中的最後一計——「走為上策」！

「小智！我們快走吧！」我抓著小智的手，就要往前狂奔！

我們才跑了兩步，小智猛然想起，「表哥等一下，大頭！大頭沒跟上來！」

「快去把他拉出來！」我嚷道。

我和小智同時回頭，剛好看見大頭眼神迷離，精神渙散，手裡拿著即將燒盡的紙條，嘴裡發出沒人聽得懂的古怪聲音。

「大頭，走了啦！」小智拉住大頭的臂膀。「我們現在很危險！」

「走……」大頭歪著頭，露出傻笑。「為什麼要走？我就要看見小晴了啦。」

「這裡太危險了，我們的火把鬼魂都引過來了！先不管小晴了，再這樣下去你會被鬼魂所害的。」

「不管小晴？什麼不管小晴？」大頭聽到這句話，突然大怒起來。「怎麼可以不管小晴！如果當時……當時……我多走幾步路，陪著小晴走入地下道，她可能就不會死了啊！怎麼可以不管小晴？哇……小晴啊，我對不起妳啊！」

大頭此刻的情緒非常不穩定，話才說到一半，就嚎啕大哭了起來。

「別傻了！」我看到小智苦勸不成，啪一聲，也甩了大頭一個巴掌。希望像黑皮一樣，這一巴掌能打醒大頭。

可惜……

「哇！」大頭不但沒有被打醒，還繼續哭了起來，他的哭法好悲慘，彷彿把小晴死後七天所積下來的委屈，一口氣都宣洩了出來……

「小晴啊，我是大頭啊！我是一直暗戀妳的男孩子啊！我每次補習的時候都會偷看妳的背影！我跟朋友打聽妳的名字，妳喜歡吃什麼？對什麼東西有興趣？我最喜歡妳在想事情的時候，輕輕咬住下唇的模樣，我喜歡妳把頭抬得高高驕傲的樣子，雖然人家都說妳是一個高傲難以親近的女孩，可是我就是喜歡妳的高傲，我寫那封表白信沒有其他意思，我只是想告訴妳，我好喜歡妳，好喜歡妳……為什麼……嗚嗚……為什麼妳會在這個時候出事？我只是想知道妳的答案，妳的答案究竟是什麼？」

「小晴啊，妳的答案……究竟是什麼呢？」大頭身體彎下，把臉埋在雙手裡面，不斷地啜泣著。

大頭哭得唏哩嘩啦，完全沒有要離開這地方的意思。

「表哥，該怎麼辦？」小智看著我，眼神中盡是無奈。

我咬著牙，看著大頭情緒崩潰，我想到過去的經驗，如果放著大頭在這裡不管，等到地下道真正的凶靈一過來，他肯定是死路一條。

而且，連我沒有遮去左眼，都可以感覺此刻的地下道陰氣越來越重，耳邊若隱若現的哭泣聲，表示鬼魂正不斷匯聚，整個地下道籠罩在一片山雨欲來的沉重氣氛中。

我是不是該拋下朋友不管？可是，這麼一來跟四年前又有什麼兩樣？

「我們……」我深吸了一口氣，沉聲道：「架走他！」

這句話一出口，我和小智默契十足，來到大頭的左右兩邊，架起了他的胳臂。

大頭掙扎了幾下，身材瘦小加上精神衰弱的他，顯然不是我和小智的對手，很快就被我們兩個往前拉去。

「快點走吧！」我和小智兩個人拉著大頭，雖然速度較慢，卻成功地把大頭帶離了剛才鬼魂盤繞的區域。

「離我們最近的是第二個出口，我們先到那裡再……咦？」

我的話才說到一半，突然打了一個冷顫。

一股寒意直竄上來。

有東西來了……

這是一種無法說明的感覺，就好像是走在春天溫暖的街道上，突然毫無預警的，迎面吹來一陣刺骨的寒風。

這風很冷，很冰，很恐怖，甚至是邪惡！讓我從腳底升上一股寒意，直竄腦門，全身有如墜入冰窖。

有東西來了！是的，有東西來了！

我轉頭看著小智，連對靈異沒有感應力的小智，都露出一臉困惑害怕的表情。

「表……表哥？」小智哭喪著臉。「怎麼辦？我感覺好怪，我……」

「還是得走！」我感覺到全身涼颼颼的，「快點……」

可是在這個時候，我們中間的大頭突然用力掙扎起來。

而且這股掙扎的力量之大，完全超乎我們的想像，一股壓倒性的力量，將大頭整個往後拽去！

就連抓著大頭手臂的我和小智都不能倖免，全被這股怪力一起往後拖。

在這個深夜地下道之中，形成一幅奇異的景象。三個身材高大的男孩子，竟被一股無形的力量往後拉，在地板上留下三條清楚的足印。

「表哥，表哥……」小智抬起頭看著我，雙眼含淚。「我撐不住了，我不想被拖進去，對不起，我要……我要放手……」

「小智！不可以……」我還來不及吃驚，就見到小智手上的五指緩緩鬆開，脫離了大頭的掌心，放手了……

是的，小智捨下了他的朋友大頭。

他放手了！

然後我感覺到身軀一震，手上的壓力倍增，我和大頭再也沒有任何掙扎的餘地，被狠狠往後甩去！

蹬！蹬！蹬！我跪在地上，用腳勾住地下道旁邊的水溝，硬是撐住！

現在只剩下我一個人在和怪力抗衡，崩潰已經是遲早的事情了！

「大頭！可惡！」我發出一聲悲鳴，我的手掌傳來一陣撕裂般的劇痛，沿著火辣辣的劇痛，我可以感覺到大頭的手臂正慢慢脫離我的掌心。

「大頭！撐著點啊！」我幾乎要哭出來了。「快醒醒啊！快醒醒啊！你這個笨蛋！」

突然，我看見了眼前兩道淒厲明亮的光點，那是大頭的眼睛，他的眼睛猛然睜開，映著地下道的白光，竟然像在發光似的……

而他的瞳孔深處，彷彿見到了什麼東西。

一個對他來說，很重要的東西。

然後，我聽到大頭開口，說出了讓我渾身起雞皮疙瘩的一句話：「小晴，是妳嗎？」

這一瞬間，我感覺到大頭的手臂完全脫離了我的手掌，而且，是他自願放開的。

大頭手一鬆，立刻毫無抵抗地被怪力往後拖去，在地上拖出一條黑色足跡，一個拐彎，瞬間沒入了地下道的轉角後面，消失在我們的面前。

「大頭！」我大喊一聲，往前撲去。

但是，我才撲了兩步，就聽到一陣淒厲的吼聲，這吼聲十分駭人，有如一頭兇猛的野獸在咆哮，更像火焰轟然炸開。

我一呆，腳步停住。

然後，從那個轉角滾出了一個東西，一個黑黑的球體，在地上滾動著。

咚！咚！它滾到了我們的面前。

我一低頭看它，立刻感到胃部一陣翻騰，差點把剛才吃的東西吐出來。

而一旁的小智則發出一聲尖銳的尖叫，身軀一軟，差點暈了過去。那個黑色的球體不是別的東西，正是他好朋友的……頭。

這是「大頭」的頭啊！

那顆頭已經被火焰整個燒黑，面目全非，讓人一見就作嘔。就在我和小智看著那顆頭徬徨之際，突然，更可怕的事情發生了。

那頭顱的眼睛，竟然睜開了。

我無法說明那一瞬間帶給我的顫慄感，但是，那雙眼睛直瞪著小智，炯炯有神，滿滿的恨意從黑色晶瑩的瞳孔中射了出來。

這是恨！這是死不瞑目的恨意！

「大頭，大頭……」小智開始哭了起來。「我不是故意放手的，我不是……」

「小智，走了！」我拉住小智，往前走去。

「表哥……」小智還哭著。「這到底是怎麼回事？」

「來不及了，地下道的惡靈殺戮已經啟動了。」我試圖壓住內心的恐懼。「開始了，瘋狂殺戮開始了！」

離開了大頭被火燒爛的頭顱，我和小智轉個彎，看見了在前面抱著發抖的兩個人，黑皮和薇薇。

我們四個人互看了一眼，發出一聲大喊之後，沒命似地在地下道狂奔起來，可是，跑了將近十分鐘之後，我內心忽然感覺到一陣不對勁……咦？我們未免跑太久了吧？

於是我內心開始默數，第三個彎道、第四個彎道……第八個彎道……第十一個彎道……怎麼會這麼多彎道？

糟糕，出事了！

綜觀全台灣，除了繁榮綿長的台北捷運之外，沒有第二條地下道，可以讓我們連跑了十一個彎道都跑不到出口的。

換句話說，這是「鬼打牆」。我們被困在地下道裡面了！

想到這裡，我們四個停下了腳步，面面相覷，眼神中盡是徬徨和不安……

「表哥，該怎麼辦？」小智呼呼地喘氣，剛剛被大頭驚嚇的淚痕還掛在臉上。「我們該怎麼辦？」

我，我怎麼知道？還不是你們這群笨蛋搞出來的！

我心裡很想很想這樣破口大罵，不過，我知道在這個非常時刻，追究彼此的責任無濟於事。

重要的是，要想出一個可解開僵局的方法。

「黑皮，我要你想想看，你奶奶有沒有提過什麼方法可以破解鬼打牆？」我轉頭看向黑皮。「還有，小智你認識大頭所說的『網路朋友』嗎？就是那個教他特殊招魂方法的朋友？想想看，有沒有辦法解開鬼打牆？」

「我不認識欸，大頭那個朋友好像很神祕……」小智搖頭。

「啊！」黑皮好像想到了什麼。「表哥，我想起有個辦法可以破解鬼打牆了！」

「什麼辦法？」我們一起問道。

「不過……」黑皮看了看薇薇，曬得黝黑的老臉竟然紅了起來，媽啊，都幾歲的人還會害羞？「薇薇在這裡，我不好意思說。」

「什麼啊，都什麼時候了，還……」小智話說到一半，眼睛轉向我，他發現我的嘴角也忍不住揚起。

因為，聽黑皮這樣一說，我突然想起如何破解「鬼打牆」了，這還真是淑女不宜啊。

「到底是什麼辦法啊？」小智顯得有點生氣，就像有一個祕密明明每個人都知道，卻只有他一個人被蒙在鼓裡。

「你自己是靈異偵探社的社長，這樣一點小常識都想不到？」我搖了搖頭。「我問你，什麼事情是人每天要做的？」

「每天要做的？」小智一愣。「很多阿，像是吃飯、睡覺、上網，還有……」

「而且這件事男女有別。」我微笑。「所以做的時候要男女要分開，一人一邊，絕不能互相干擾，也禁止偷窺。」

「禁止偷窺……啊啊！」小智用力拍了自己腦袋一下。「我知道了！難道是……」

「沒錯！」我和黑皮同時回答：「就是它啊！」

然後，只看見我、小智，還有黑皮同時轉頭看著薇薇，三個人一起露齒微笑。

「幹嘛？」薇薇看到我們三個對她露出怪異的笑容，禁不住後退了一步。「你們要幹嘛？」

「我們要請淑女迴避。」我笑。「因為我們要破解鬼打牆。」

「破解鬼打牆？」薇薇露出古怪的表情。「幹嘛要淑女迴避？」

「一定要，因為我們要在這裡……尿尿。」我相信，對大部分在台灣長大的孩子來說，在地下道尿尿的機會並不多。

通常會在地下道尿尿的男人必須超過三十五歲，為什麼呢？因為超過三十五歲的男人才容易苦悶，苦悶才會喝很多酒，喝很多酒之後才會喝醉，喝醉之後通常是不分排尿場地的。

我就看過有醉漢在半夜，走上中正紀念堂的蔣公銅像旁，拉下拉鍊，和偉大的先總統蔣公共享自己膀胱內香濃熱辣的液體。

不過此刻的我們，沒有一個人超過三十五歲，更沒有人喝酒，我們要在地下道尿尿，完全是為了自保，我想如果我國小的衛生股長突然出現，也會原諒我的犯錯吧。

於是，我、小智還有黑皮三個人一字排開，在牆邊站定，淅瀝的水聲中，紓解我們膀胱內的壓力。

如果民間故事沒有騙我們的話，只要這一泡尿能解開鬼打牆，那麼整個事件就可以到此結束。

但是，事情真的那麼簡單嗎？

那個將大頭拖入轉角的惡靈會這麼輕易放過我們嗎？

還有，這裡發生過什麼和「火」有關的災難嗎？這些聚而不散的怨靈們，為什麼身上都有被火燒過的痕跡？就在我腦袋胡思亂想之際，我們三個人的排水工程都到了尾聲。

先收槍的是黑皮，他抖了抖身體，喊了一聲：「爽！」然後是小智，最後才是我。

正當我也接近尾聲的時候，突然，我的左下角傳來一個稚嫩的男童聲音……「喔！羞羞臉，大哥哥偷尿尿！」

這聲音咬字不清，童稚可愛，所以一時間我只是愕然，然後一陣害臊，因為自己隨地便溺這件事，竟然被小孩子發現。緊接著，我卻想起……

奇怪？在這個地方，怎麼會有小孩！我猛然轉頭，看向我的左下方。

一個大概五六歲的男童，正蹲在我的腳邊，手指一片黑污，正在牆壁上塗鴉。「大哥哥，不可以偷尿尿喔！」小男孩露出純真無邪的笑容，可是這個孩童笑容，卻讓我感到一陣顫慄，恐怖感宛如一條冰蛇從我的背脊一路蜿蜒上來，直涼上了後腦勺。

這個小孩是什麼時候出現的？他是人還是鬼？他究竟是……

「大哥哥……」小男孩笑了，露出缺了好幾顆門牙的嘴巴。「我們來玩圈圈叉叉好不好？」

「圈圈叉叉？」我聲音在發抖，我的眼睛沒有辦法離開小男孩那漆黑的手掌，那充滿了煤灰的手掌。

是的，這個小男孩我剛才看過！就在剛才的地下道裡面……

「大哥哥，你果然看得到我欸，」小男孩露出高興的表情，「那我們來玩圈圈叉叉……」

「你，你……」我聲音在發抖，但是我沒有立刻逃跑，也許對方只是個小男孩吧。

「你為什麼還在這裡，為什麼留在地下道？」

「地下道？」小男孩搖了搖頭，「我跟媽媽來地下道之後，突然好熱好熱，然後我們就出不去了……大哥哥，我喜歡你，你可不可以一直陪我們？」

「我，我不要……」我退了一步。

「哇！大哥哥你欺負我！前幾天有個大姊姊來這裡，她手上有一個好吵的東西，那聲音把我和媽媽都弄醒了，讓我們覺得好煩，然後我們就問她要不要留下來，她也說不要。」

「她說不要，然後呢？」我用力吞了口水，那個大姊姊……難道會是……？

「然後，算命師伯伯就問她，既然不打算留下來，為什麼還要帶這樣的東西？」

「這樣的東西……？」

「大姊姊拚命搖頭，她哭著說，她沒有帶過什麼……這不是她要帶的……」

「然後呢？」

「流浪漢叔叔吼了一聲，就撲了上去。」

「啊！」我彷彿身歷其境似的，我可以感受到小晴當時的恐懼，她在完全不知情的情況下，踏入了陰陽魔界。

只是「那東西」究竟是什麼？

「從那天以後，大姊姊每天晚上都可以陪我玩圈圈叉叉了啊！」

「嗯，可是，大哥哥在這個世界還有很多事情要忙，不能陪你喔。」我鎮定自己的聲音，摸了摸小男孩的頭。

「哇！我不管！我不管！」小男孩聽完，用力哭了起來。「我要大哥哥陪我！」聽著小男孩的哭聲，我突然感到一陣奇異的暈眩，這份奇異的暈眩感來自地下道整個空間的扭曲。牆壁和天花板，竟然像是波浪似的開始流動起來。

好可怕的小男孩啊！突然，我明白了。原來惡靈不是還沒有出現，而是早就出現了！

小男孩、流浪漢、算命師，還有懷孕的女人，這些我以為本來是人的行人，原來就是寄宿在這座地下道中，懷著深深怨念的惡靈！

「逃啊！」我發出大吼，左手抓住小智，右手拉住黑皮，開始死命往前奔去！

第五章 迷路

也許是我的大喊很有魄力，黑皮等人都被我所驚嚇，慌忙間，隨著我狂奔起來。

小智他跑在最前面，這個渾小子一開始說自己想要見鬼，結果到後來反而逃得最快，而且他還放開了自己最好朋友的手……這件事始終讓我耿耿於懷，尤其是大頭那死後充滿恨意的眼神，更讓我想來就心驚。

另一邊的黑皮則是小心翼翼地扶著薇薇，說來奇怪，黑皮這個人給我相當好的印象，雖然他長了一副流氓樣。

我一想到他是為了薇薇才冒險進到地下道，而且整個靈異的過程中，更可以感覺到他對薇薇的呵護，讓我對他產生了一種信賴的感覺。

然後是大頭，大頭的死狀很慘很慘，可是往好方面想，也許到了陰間，他終於可以尋得小晴，得到他想知道的答案……

我們四個不斷地跑著，一個彎道之後，前方赫然出現了三叉路口。

我忽然想到，這個三叉路在剛才鬼打牆的時候，並沒有出現……換句話說，也許我們的「尿」真的破解了鬼打牆！

想到這裡，我心跳加速，如果能逃離這個地下道，我們四個就得救了。

「表哥，三叉路怎麼辦？」奔跑中，黑皮轉頭問我。

「哪一邊是火車站？」

「右邊！」薇薇接口。

「那就右邊！」

我們四個人很有默契的，遇到三叉路口的時候，身體微傾一起右轉。

一道往上的出口階梯，出現在我們的面前。

「耶！」我們同時發出驚喜的喊聲。「是出口！」

我們四個雙腳邁開，腳步聲有如雨點般響起，噠噠噠噠，踏著一層一層的階梯，往出口方向衝去。

此刻，我內心是充滿喜悅的，因為我們就要得救了，只要衝出這個出口，離開了地下道，我們就安全了！所有的惡夢就要被我們拋在身後了！

可是，就在我讓自己小腿肌肉收緊，發狂似地踩著階梯往上奔馳，我的眼角餘光，突然掃到一個畫面。

只是剎那的畫面，在出口的左方，一閃而逝。

畫面持續了零點零一秒的瞬間，卻讓我猛然一愣，呼吸暫停。

那個畫面是……

之前遇到的算命師，正坐在左邊路口對我們笑著，那是冷笑，含著強大惡意的嘲諷冷笑。

而他的手中，拿著一張白色的籤紙，籤紙隨風飄揚，上面四個鮮血淒厲的大字，映入了我的眼中。

「此去，大凶」

「等……」我這句「等一下」還沒來得及說完，前頭的小智已經跨上了階梯的最上層。

小智的背影在激烈奔跑著，消失在我的視線之內，而我的腦海卻依然浮現著那四個恐怖鮮紅的大字「此去，大凶」！

「表哥，怎麼了？」黑皮和薇薇因為速度較慢，他們發現了我的不對勁，轉頭回來看著我。

「嗯，真糟糕。」我看著小智的背影，想著剛才那位算命師陰冷的笑容。

我的內心出現了激烈的掙扎，在眾人裡面，只有我能看見算命師手中的「大凶」，但是問題在於，我是否該相信算命師？

說不定他只是想騙我們留下來……，也許他的出現，是嘲諷我們終究逃不過地下道的詛咒……。可是無論如何，小智已經身先士卒地跑上去了，我可不能拋下他不管。

「我們還是上去。」我用力吸了一口氣。「但是請大家小心一點。」

「嗯！」黑皮和薇薇察覺了我的不安，用力點頭，一起往上走。

我放慢腳步，緩緩地往上走，直到了距離出口的最後一層階梯。

在我踩上最後一個階梯之前，我停下腳步，回過頭，注視著牽手一起走上來的黑皮和薇薇。

「我要你們答應我一件事，可以嗎？」

「啊？表哥，什麼事？」黑皮和薇薇異口同聲地說。

「答應我一件事，無論發生什麼事情，都不要放開彼此的手，好嗎？」

「嗯。」黑皮和薇薇互望了一眼，用力點頭。

「很好，我相信你們。」我微笑。

然後，我抬起了右腳，往前跨去，跨向出口。

如果這個「出口」，真的是出口的話。

這個「出口」，很不幸的，真的不是出口。

而且現在的我，很困惑。

當我踩上最後一個階梯，出現在我面前的景色，應該是屬於夜晚台中火車站的景致，熄去了白日的亮麗燈光，只剩下沉寂的夜晚空氣。不過，我眼前的景色，卻完全不是那麼一回事。

這裡，竟然還是一個「地下道」！

而且這裡和我記憶中台中站前地下道，有很大的出入，說不上來是什麼感覺，雖然這裡的瓷磚也一樣泛黃古舊，一樣飄著讓人不舒服的微臭，一樣是慘白令人窒息的白色光線。

但是，這裡不是原本的地下道。

這裡是哪裡？空間發生錯亂了嗎？我感到困惑，非常非常的困惑。還有，小智呢？早我一步踏進這個奇異空間的表弟，他現在在哪裡？

跟在我後面的黑皮和薇薇也愣住了，因為他們也同樣對這個地下道感到迷惘。

「表哥，這裡是哪裡？」黑皮露出困惑的表情看著我。

「我不知道！」我搖了搖頭，但是，我內心卻產生了一種既熟悉又陌生的感覺，這個地下道我似乎來過啊……

「繼續待在這裡也不是辦法，我們走走看，也許還有出路。」薇薇提議。

「好。」我和黑皮一起點頭。

才走了幾步，地下道的前面就出現一座往上的階梯，在階梯轉彎處的牆上，則是一面大鏡子。

然後當我們一看到這面鏡子，忍不住發出了低呼，因為鏡子的前面站著一個人！這個人正是剛剛離我們而去的夥伴，小智。

他愣愣地看著周圍，表情困惑。「表哥，這個地下道你還記得嗎？我們來過啊！」

「啊？」我聽到小智這麼一說，腦海中瞬間閃過一絲模糊的記憶，卻沒來得及抓住，從我腦海中溜走了。

只看見小智緩緩轉身，伸出手比著他身邊，掛在牆上的路牌。路牌上，清清楚楚寫著四個字「往大學路」。

我愣住了，大學路？台中哪來的大學路？所以這裡不是台中地下道嗎？這裡是哪裡？

「表哥你還記得嗎？高一那年，阿姨帶我們幾個孩子一起坐火車到南部玩，我曾經……」小智的聲音相當怪異，他伸手往「大學路」路牌的背後一陣掏摸，「我曾經因為懶得丟垃圾，在這塊路牌的後面，塞了一張青箭的包裝紙。」

看著小智掏摸的動作，陡然一停，好像摸到了什麼……這一瞬間，我誠心希望，小智掏出來的手心，是空的。

但是，當他張開了手心，我立刻被一片冰冷的寒意浸透了全身。那東西映著鋁箔獨有的銀色光芒，果然……是一張青箭的包裝紙。

「怎麼回事？」我感到身體陣陣發涼。「所以這裡不是台中火車站站前地下道，而是阿姨曾經帶我們來過的……」

「是的！」小智聲音古怪，好像要哭了出來。「這裡是台南火車站的地下道啊！」

「空間錯亂了！怎麼回事？」我喃喃自語，看著另一頭同樣錯愕的黑皮和薇薇，我只能苦笑。「從台中穿過時空到達台南，這不是科幻小說才會發生的事情嗎？」

「所以我們在台南？」黑皮和薇薇也露出古怪又詫異的表情。「我們從台中火車站地下道，直接到了台南火車站？」

我們四個人互相對看，每個人眼中都是無盡的詫異，卻只能沉默以對。

「也許，我們該走上台南火車站月台，然後搭夜車回台中……」黑皮提議，提議時，他臉上不忘掛上一絲古怪笑容。

「這主意不錯。」我聳肩。「可是我不知道會不會轉錯了彎，又彎到台北火車站的捷運地下街……」

「表哥……會不會我們就這樣一輩子困在地下道裡面？永遠，永遠，永遠出不去了？」薇薇聲音顫抖，尤其是那個「永遠」連說了三次，語調一次比一次陰沉，在幽暗的地下道聽來，特別讓人毛骨悚然。

「薇薇，不要那麼悲觀好嗎？」黑皮摟住薇薇，柔聲安慰。「我們有表哥，表哥一定能帶我們出去的。」

「嗯。」我本來想說，我怎麼可能知道怎麼出去？可是話到了口邊卻被自己嚥下。因為我看見了薇薇的眼淚和黑皮的溫柔，這樣一對小戀人，誰會忍心去戳破他們的希望呢？

只見薇薇身體一直顫抖，她雙手緊緊抓著黑皮兩肩的衣袖，持續了整個晚上的地下道恐怖事件，已經將她的精神折磨到無法承受，眼看就要崩潰。

「黑皮，」薇薇眼淚在眼眶打轉，「你不該陪我來的，我對不起你。」

「傻瓜！」黑皮憨憨地笑了，古惑仔一旦溫柔起來，可是比誰都有魅力的。「我不來陪妳不然誰來陪妳？」

「可是……可是……」薇薇的聲音不斷顫抖，我幾乎聽到了她牙關撞擊的聲音，「你不知道，黑皮，你不知道，我覺得小晴不打算原諒我，……一定是的，她不肯原諒我……」

「為什麼小晴不打算原諒妳？」我聽到了這裡，忍不住出聲詢問，薇薇肯定藏著一個祕密，不然她不會特地來這裡見小晴，但是這個祕密是什麼？

聽到我的詢問，薇薇抬起頭看著我，那雙盈滿了淚水的大眼睛，任誰都見了心疼。

「表哥……我……我不知道該怎麼說……」薇薇咬著下唇，聲音顫抖得好厲害。

「慢慢說，乖。」我幾乎要伸出手，摸摸薇薇的頭，把她當作一個哭泣的小女孩般呵護。「慢慢說，我們都沒有逼妳啊。」

「表哥，是我……」薇薇看著我，兩行眼淚從她的大眼睛中滑下，在娟秀的臉龐上劃出悲傷的痕跡。

「是我殺了小晴。」

在我記憶中，被驚嚇的次數並不算少，畢竟在靈異的世界，我算是一個見過大風大浪的人，很少有驚嚇會讓我完全亂了方寸。

但是，當我聽到薇薇的這句話，我腦海瞬間一片空白，好像所有的腦細胞都一起關閉了，眼耳鼻口每個器官都停止了運轉。

這個女孩，這個叫做薇薇的女孩，她在說什麼啊？她說什麼我怎麼聽不懂？我怎麼一點都聽不懂啊？

她說她殺了小晴？所以她是殺人兇手？我們跟著殺人兇手一起到了兇案現場？

「薇薇！妳不要亂說啦！」黑皮連忙摀住了薇薇的嘴巴，臉色大變。「妳太累了，開始亂說話了，我們什麼都沒有聽到，妳不要再說話了！」

薇薇搖了搖頭，伸手按住黑皮的手掌，她眼淚不斷湧出，眼神中是瀕死的絕望。「我有預感，今天小晴絕對不會饒了我，我死定了，所以我要跟你們說……」

「薇薇不要說，求求妳不要說。」黑皮聲音幾乎是懇求了。

「黑皮，你知道了之後，就不會那麼愛我了，因為我是一個壞女人。」薇薇哽咽地說。

而我依然愣愣的。剛剛那個鬼小孩不是才說過，小晴是被惡鬼害死的嗎？因為小晴身上帶著一個「很吵的東西」，驚擾了地下道的惡靈，招來了殺身之禍。

可是，為什麼薇薇還說小晴是她殺的？中間有什麼環節是我漏掉的嗎？

「黑皮。」薇薇握住了黑皮的手。「我想把話說完，就算我終於難逃一死，至少我要說，當初我沒想到事情會這麼嚴重，我只是……只是忌妒她，還有，討厭她總是這麼高傲、目中無人而已。」

「表哥，叫薇薇先不要說啦！」這時候，站在階梯轉角大鏡子旁的小智，忍不住大喊：「我們先想辦法離開這裡好不好？我好怕，真的好怕！」

「嗯。」我點了點頭，轉頭看了小智一眼，「那你覺得，我們現在應該怎麼……咦？」

咦？

我剛才那一瞬間的轉頭，似乎瞧見了什麼不對勁的地方。

於是我把身體整個轉過來，凝神注視著小智。

「表哥，幹嘛？」小智被我看得發毛，「你知不知道，被你這樣看很恐怖欸！」

「嗯。」我看著小智，從他的頭髮開始看起，很標準的中分髮型，一雙正常的眼睛、鼻子、嘴巴、雙手、身體和雙腳，每一個地方都很正常。

不過，我必須承認，在我眼中的正常，並不代表「真的正常」。

「黑皮，你已經把煤灰抹掉了吧……我……可以問你一件事嗎？」我的聲音在顫抖。

「表哥請說。」黑皮摸了摸自己的眉心，剛才臨時抹上的煤灰，早就在奔跑的時候，被他順手抹去了。

我深吸了一口氣，我聽見自己的呼吸聲竟然如此沉重、如此乾澀。「黑皮，你看得見小智嗎？」

「小智？什麼小智？」黑皮一愣，用奇怪的眼神看著我。這瞬間，我感到全身寒毛同時豎起。

黑皮看不到小智？那不就表示……

「表哥你傻了啊！」黑皮露出好笑的表情。「小智就在那個樓梯鏡子前面啊！你剛才不是才跟他說話嗎？」

「呼……」我用力喘了一口氣。摸著幾乎要炸開的心臟。「黑皮，麻煩你下次回答的時候，快一點，我年紀大了，心臟不太好勒。」

「哈。」黑皮露出傻笑，一手摟著還在哭泣的薇薇。

我面露微笑，狠狠地鬆了一口氣，轉頭看向小智，這一次，我已經確定了小智是人不是鬼了。

但是，我心頭的不安是怎麼回事？站在樓梯口的小智，他有什麼不妥嗎？有什麼不對勁嗎？為什麼我依然不安呢？

突然間，我腦海閃過一絲怪異的靈感。如果問題不在小智身上呢？

然後，我緩緩地伸出了左手，放在自己左眼前面，大大吸了一口氣，然後整個手掌蓋住了左眼。

這一刻，我的世界，只剩下右眼。

我的右眼眼珠轉動，定焦在我眼前，那個樓梯口鏡子前的小智身上。

這一次，我的呼吸才真正暫停了。

因為我看見了，小智背後的鏡子裡面，竟然多了一個人！而且他不是別人，他是被火活生生燒死的，目露惡狠凶光的亡靈——大頭！

接下來發生的事情，無論過了多久，都會在我的記憶中，成為永遠無法抹滅的痛。那樣的血腥，那樣的殘忍，那樣的不可思議，那樣的讓人神經錯亂。如果可以，我真的希望自己永遠不要看見這一幕，永遠不要……

「小智，快逃啊！」我淒厲的吼聲，在空蕩的地下道中迴盪著。

「表哥？什麼？」小智露出錯愕的表情。

而就在他發愣的同時，我看見了鏡子中的大頭，舉起了手上不知道哪來的巨大鐵鎚，對著鏡中的小智腦袋，狠狠地甩了下去。

鏡中的小智，被大鐵鎚一掃，腦袋立刻扁掉，脖子折斷，豔紅的鮮血從他的嘴巴和脊椎噴了出來。

現實的小智，就這樣莫名其妙的脖子折斷，凌空飛起，腦袋撞上了鏡子，血跡濺滿了銀亮的鏡面，在鏡面上噴出一幅詭異華麗的抽象圖形。

「啊！！！」薇薇和黑皮同時尖叫。

「啊……啊……」小智腦袋倚在鏡子上，白紅兩色的液體，從他的頭頂緩緩流下，流過眼珠，啪嗒一聲，滴到了地上。

那紅白兩色的液體我認得。

那是腦漿。

我含淚咬牙，邁步往前跑去，隱約中，我還可以聽到小智的低嚎，垂死的呻吟，他還沒死……我一定要救他……只要有任何一點希望，我都要救他……

「小智，撐住！撐住……」我往前跑的同時，看見鏡子中出現了第三個角色，一個衣衫破爛的流浪漢，他污黑的面孔中透露出邪惡的笑容，而他的手指上，夾著一根細小的火柴棒，火柴棒的頭，嘶一聲，燒起了橘紅色的血焰。

「小智！快動啊！你還聽得到我說話嗎？你他媽的快點離開那面鏡子啊……」我一邊跑，一邊哽咽起來，「你還能動對不對，快離開那面鏡子啊！」

「表哥……」小智聽到了我的叫喊，佈滿血絲的眼球開始慢慢轉動，他的手，微微顫抖著朝我伸了過來，「表哥……」

我拚命跑著，踩上了樓梯，然後雙腳死命地踩著，往上狂奔，「小智，我已經離你越來越近了……越來越近了……再等我一會……」

然後，我的右眼看見了，鏡子中的流浪漢，露出冷笑，然後手指頭一鬆，火柴就這樣緩緩地落了下來。

火焰墜落的軌跡在空氣中轉了一圈，畫出了一個耀眼的「α」形狀，不偏不倚地落在小智的身上。

「小智！！」我聲嘶力竭地悲鳴起來。

我甚至沒有聽到自己這一聲吶喊，因為耳中傳來爆炸般的轟然巨響，火焰瞬間點燃，如鮮紅毒蛇般爬滿了小智垂死的身軀。

小智在烈焰中翻滾掙扎，整個泛黑，而他的手腳甚至炭化，當他用手往地上一撐，手肘竟然像粉筆一樣，喀一聲，從中斷裂。

小智嘴巴大張，嚥下了最後一口氣，只是他一雙眼睛仍然睜著，睜得大大的，無數的忿恨從靈魂之窗中射了出來。

那是一雙死不瞑目的眼睛。

「無名火？」我跪了下來，跪在小智屍體的前面，懊悔的眼淚爬滿了我的臉頰。「小

智，這就是無名火的真相，是惡鬼放的火，可是，怎麼會是這樣的結局？怎麼會是這樣
……」

第六章　老友歸來

我呆呆地看著小智身上的火焰逐漸熄滅，這一天晚上，我見證了大頭的死亡，又失去了一個從小一起的玩伴表弟。

這個恐怖的地下道，究竟只是一場惡夢？還是永遠不會過去的現實呢？

鏡子中，流浪漢和大頭轉身離去。

突然我像發瘋似的，衝到鏡子前面，用拳頭使勁搥著鏡面。

「你們這群混蛋！要殺就來殺我好了！為什麼要濫殺無辜！」我聽到自己的聲音在顫抖，悲憤過度的情緒讓我全身虛脫。

鏡中的流浪漢回過頭瞪了我一眼，泛黃的牙齒露出邪惡的笑容，他對我搖了搖手指頭。

他沒有出聲，奇怪的是，我卻能清楚地從他的唇形中，讀出他所說的話，「接下來不是你，傻小子。」流浪漢的眼神又毒又邪，「我們得按照順序來。」

「不是我？」我聽得心臟突然一跳。「那會是誰？」

「這背叛朋友的小子，死得理所當然。」流浪漢冷冷地說：「下一個應該死的人，不是你，你還不夠該死！」

我不夠該死，所以說，還有一個人更該死？

我聽得身體顫抖，猛一回頭，剛好對上薇薇那雙絕望的眼神，還有慘白到了極點的面容。

「咯咯咯咯。」流浪漢和大頭慢慢地從鏡子那頭走向遠方，留下了可怕的笑聲，和謎一樣的話語。「也許，等你看過了下一個人的死法，你就會知道，其實我已經夠仁慈了。」

下一個人的死法？指的是誰？黑皮還是薇薇？

「可惡！」我用力搥了一下鏡子，難道我一點辦法都沒有了嗎？我們五個人就這樣一個接著一個被害死在地下道裡面？

可惡啊！如果胖子在，如果他在就好了！我的眼淚開始不爭氣地落下，一滴一滴，落在焦黑的小智屍體上。

我又能做什麼？你們當初對我懷著這樣深的期望，最後還不是搞砸了嗎？困在這個見鬼的地下道，所有的空間都錯亂了，我還能做什麼？

我跪在地上，把臉深深埋進了手掌之中，啜泣著。突然間，我覺得自己好累好累……算了……就讓惡靈把我們都殺光好了，我想放棄了。

我好累了，想放棄了。

「喂！」突然一隻手，拍上了我的肩膀。

「不要吵我。」我肩膀一扭，甩掉了這隻手。「我不行了……我想放棄了。」

「什麼啊？嘿……」背後那個人露出笑聲，「誰管你要不要振作勒，我只是想問問你。」

「嗯？你想問什麼？」我身體一震，這聲音屬於男生，可是卻不屬於黑皮，當然不可能是薇薇的。

但是我確實聽過這個聲音，這是熟悉的腔調，就像是多年不見的老朋友。「我十點十八分的時候收到了一封簡訊。」那聲音依舊笑著。「好像是你傳的？」

十點十八分，那時候我們才剛要下地下道而已，咦？我那時候傳了簡訊給誰？

等等……我只傳給一個人啊！

「簡訊中竟然還罵我是混蛋。」那聲音有著無比的親切感。「真是不知死活，不是嗎？」

慢慢地，我放下了摀住臉龐的雙手，起身，緩緩轉過身來。

你猜我看到了誰？

「老朋友。」那個人笑著，雙手伸出，給我一個溫暖的擁抱。「抱歉，我來遲了。」

然後我又忍不住哭了，只是這一次，我是因為高興而紅了眼眶。「你這個混蛋，竟然給我遲到這麼久！」我聽到自己的聲音在哽咽。

「還好啦，你們這裡很難找，你知道嗎？」對方說：「一會在台中一會在台南，真是複雜！」

「嗯！」我用力給了對方一拳，那是友情的拳頭，落在他結實的肩膀上。

「歡迎歸隊啊！胖子！」

「胖子，我有很多事情要跟你說！」我抓著胖子的手，心情激動，「你是怎麼到這裡的？這裡不是台南嗎？」

「嗯，我下了台中地下道之後，就莫名其妙跟著轉來了這裡，還有，我也很多事情要跟你說！」胖子保持著一貫的笑容，對，就是這個笑容，總能在我絕望的時候給我一種堅強的力量。

三年前是這樣，今天也是這樣。

「我表弟找我來這條地下道，一開始是為了調查無名火兇殺案事件，可是，沒想到一進到地下道，就接二連三發生怪事，先是在招魂的現場發現很多被火燒死的鬼魂……」

「嗯，被火燒死？」胖子沉吟了一會，點了點頭。

「隨後大頭被殺害，我們逃走，結果從台中地下道逃入了台南地下道，接著，就是你看到的，小智他也……」

我越說越急，將整個晚上所發生的事情，簡明扼要地描述了一遍，我看胖子的表情也越來越嚴肅。

「先別急，別急。」胖子拍了拍我的肩膀。「我之所以遲到，是要帶一個重要的訊息給你。」

「什麼訊息？」我呆呆地問。

「台中地下道，曾經是火災的命案現場。」胖子說。

「啊？」

「我就是去找這條舊新聞，才會遲到的。」胖子說：「當我一聽到地下道發生無名火，當時我就隱約覺得整件事應該和『火』絕對有關聯，於是我去圖書館翻了最近幾十年，跟台中地下道有關的新聞，好不容易，讓我找到了這條新聞。喏，這是我印下來的報紙，包括這幾天的兇案新聞，我都收集了。」

從胖子的手中，我接過影印紙，共有三張，我翻了一下，第一張報紙是一九八四年的報紙影印，而第二張我曾經看過，是小智給我看過的報紙，上面寫著高中生離奇死亡，第三張也是一則死亡消息，好像是一個高中女生自殺，但是我沒有仔細看，心急的我又翻回了第一張。

只看到第一張報紙上清清楚楚寫著：

「一九八四年，台中火車站地下道發生大火……」看到這個標題，我喉嚨嚥了一下口水。

可是，當我繼續往下閱讀，手指禁不住抖動起來。

「地下道的起火原因不明，但是由於該地下道施工設計不良，使得火焰全部集中到出口處，換句話說，這個地下道雖然有六個出口，可是每一個都被火焰封住。」

「火焰燃燒會消耗大量的氧氣，當氧氣消耗殆盡，則因為燃燒不完全，產生劇毒的一氧化碳，整個地下道充斥著一氧化碳，變成有如二次世界大戰時德國的『毒氣室』，這條原本是為了確保行人安全的地下道，竟變成了一條火燙的死亡甬道，當時在地下道的行人無一倖免，全部枉死在地下道內。」

我聽到自己的聲音在顫抖。「胖子，所以這個地下道出過事情？難怪……難怪這麼陰森……」

「嗯。」胖子嚴肅地點頭。

「然後……咦？」我看著那張報紙，手突然顫動了一下。

「怎麼了嗎？」

「這裡有死亡名單。」我用食指比著報紙上的字，一個一個唸著。

「當時一共發現四具屍體……一個在地下道擺攤的算命師，一個流浪漢……」我喉頭咕嚕一聲，嚥了口水。「還有一名即將臨盆的孕婦，一個小男孩……」

「怎麼了？」胖子看到我的神色有異。皺著眉頭看著我。

「沒、沒事。」我看著報紙，不只聲音，連身體都不能控制地發抖著。

「胖子，你知道嗎？」我抬起頭。「我看過這四個人。」

「咦？」

「從一開始進到地下道，我就看過他們了。」我幾乎要哭出來了。「這是一個鬧鬼的地下道啊。」

「你看得到啊，嗯……」胖子看著我，沉吟著。

「你不相信我？」我心急地說：「我真的看到。」

「我當然相信你，不然我幹嘛來這裡。」胖子咧嘴一笑，粗大的手掌拍了我的肩膀一下。「我只是在思考。」

「呼。」我用力喘了一口氣。

「我相信你，所以我要問你幾個問題，可以嗎？」胖子伸出手指頭，「嗯，共有三個問題……」

「好。」我點頭，然後我又追了一句話：「不過，不准問我是不是吃錯藥了？或者是不是頭殼壞去？」

「哈。」胖子哈了一聲，「很好，雖然你的笑話真的很冷，但是至少恢復一點幽默感了，這是好事情，不是嗎？」

「嗯。」我臉上綻放出笑容。

「這裡面有幾個疑點，我想要搞懂，第一個是大頭所說的，是誰教他這樣奇怪的招魂法？那個神祕的網路人是誰？」

「啊？」我一呆，因為我從來沒有注意到這個疑點，是的，大頭的行徑之所以這樣詭異，都是因為一個神祕的網路人物在背後偷偷指導。

所以，這個神祕的網路人，才是整個事件的關鍵人物，只是這個藏鏡人是誰？我怎麼都忽略了這個人？

「我對這號人物感到十分好奇。」胖子聳肩。「他肯定知道這座地下道曾經出過事情，才會告訴大頭用『火』來招魂，但是，我總覺得這背後還有更陰險的惡意，光想到這層惡意，就讓我感到全身不舒服！」

「我不知道。」我嘆了一口氣。「而且，大頭也已經不在人世了。」

接著胖子伸出了第二根手指頭，說：「好，第二個問題是小晴的死因，那個小男孩鬼魂曾經對你說，大姊姊是被一個『很吵的東西』害死的，你覺得這個東西是什麼？」

「我不知道……」能跟胖子討論，讓我精神狀況穩定了不少，腦袋終於開始運轉了起來。「一般來說，我們都知道『風鈴』的聲音是貫穿陰陽兩界，所以，如果我們見到沒有風的時候，風鈴仍會響動，那表示，『有東西』在附近，可是……我想不出小晴會帶那樣的東西在身上。」

「當然不可能是風鈴。」胖子沉吟。「小晴當天有帶什麼特別的東西嗎？就是那種……她以前從未帶過的東西。」

「我怎麼可能會知道……」我皺眉，搖了搖頭。「咦？啊！」

「怎麼了？」胖子看我神色有異，急忙問道。

「我想到一個東西了。」是啊，有一項東西，是我可以肯定是小晴以前沒有的，因為「那東西」在她進入地下道前的二十分鐘，才剛剛從大頭手上拿到而已。

「想到了嗎？」胖子好奇地問。

「可是，這東西不合理啊。」我雙手抱胸，歪著頭苦思。「這東西怎麼會很吵？這明明就不是會吵的東西啊。」

「是什麼？」胖子催促道。「快說啦！」

「一封信。」我抬起頭，眼睛中盡是困惑。「是一封大頭寫給小晴的表白信。」

「一封表白信？」胖子顯然也愣住了。

「是啊。」我抓著頭髮。「一封表白信能引來惡靈嗎？這樣的話，一張好人卡搞不好可以降妖除魔了啊！」

「哈，我欣賞你這個笑話。」胖子微笑。隨即他又回到嚴肅的表情。「我有一個很大膽的假設，你要不要聽？」

「要！當然要！」

「我假設，這封表白信的確有問題，它就是那個很吵的東西。」胖子說：「還記得大頭曾經說過，他的招魂術是神祕的網路人指導的嗎？會不會，他那封表白信也曾求助過那個網路人？」

「求助過神祕網路人？」我聽得一頭霧水。「那又如何呢？」

「我只是假設，假設那個網路人告訴大頭，他有一種『能讓表白成功』的秘法，也許是咒語，也許那表白信紙經過特殊的法術處理，而大頭為了表白成功，所以就使用了那個祕法，你懂嗎？」

「啊！」我腦中閃過一絲電光，好像捕捉到了胖子的想法。

「對吧，可是，那個神祕網路人哪會那麼好心？」胖子聲音越來越低，越來越威嚴，我記得，這是胖子動怒的神情，他顯然對神祕網路人的行徑相當憤怒。「你想，神祕人給大頭的祕法，真的是幫助表白的嗎？」

「啊啊啊。」我抓了抓頭髮。「你是說，那封表白信不但不能幫助表白，甚至藏著『驚動鬼魂』的祕術，可是……可是……不合理啊！」

「哪裡不合理？」

「那個神祕網路人又不認識大頭，不認識小晴，幹嘛要害他們？」

「嗯，這是一個好問題。」胖子雙目炯炯，瞪視著我。「我問你，你怎麼知道……他們彼此並不認識？」

「咦？」這瞬間我感到一陣涼意，從腳底滲了上來。

「也許那個神祕網路人，根本就認識小晴，他一開始就是要害死小晴啊！」

「啊！！！」我身體猛然一蹬，宛如驚弓之鳥，背脊狠狠撞上了地下道的牆壁。

我會驚嚇不是沒有原因的，因為順著胖子的思路，我赫然發現，在我的周圍……竟然「有一個人，完全符合網路神祕人的身分」。

「表哥。」這時候，一個柔膩的聲音在我耳邊響起，是小薇在說話。「你在懷疑我嗎？」

「啊！」我轉過頭，看著薇薇，剛才盈盈落淚的她，面容依然憔悴，但是，此刻在我眼中的她，卻完全變了個樣，彷彿嘴裡多了兩根利牙，笑容露出陰森氣息，讓我心臟亂跳。「沒有……沒有……這種事情沒有證據……怎麼可以亂說？」

「是啊。」小黑也在一旁幫腔。「表哥，你不要聽你那個同學亂推測，薇薇才不會做這樣的事情，薇薇妳說是不是呢？」

薇薇沒有說話，那雙大眼睛眨了眨，凝視著我和黑皮。

「對了，還有第三個問題！」就在這個時候，胖子伸出了第三根手指頭，說話了。

我聽到他的聲音又低又沉，一字一句清清楚楚，讓人感到強大的壓迫感。

「你們兩個男生，從剛才到現在，到底在跟誰說話？」

「啊。」我看著胖子，一直看著，然後身體開始慢慢抖了起來。這樣的發抖，從手指開始，一路往上，我的手臂也開始顫抖，接著是我的胸口，雙腳也抖動起來。

我在怕。

是的，我在怕。

如果胖子說的是真的，那表示我和黑皮這兩個看得到「鬼魂」的人，所看到的薇薇是……

鬼？！

我不懂，如果薇薇是鬼，那她一定是個法力超強的鬼。因為她能讓小智、黑皮，甚至是大頭看到……什麼樣的鬼有這樣的力量？那為什麼胖子會看不到呢？

「我猜是因為羈絆。」胖子彷彿看穿我心思似的。「人會看到鬼，有時候不只是八字輕重，靈力強弱的問題，更重要的是羈絆，你們和薇薇之間有了羈絆，有了緣分，所以你們看得到。」

「啊。」我畢竟也是一個接觸過靈異的人，胖子的解釋雖然似是而非，卻讓我產生些微的認同。「所以說，是我們『願意』看到薇薇，所以薇薇才會存在？」

「是啊，這是我的猜測，很多的靈異故事，都是主角心愛的人突然猝死，化成鬼魂陪伴在主角身邊，然後主角卻渾然不覺，直到有一天主角才發現，心愛的人早已離開了人間……這故事說淒美是淒美，但說恐怖也是恐怖。」胖子說：「人與人之間，產生了羈絆之後，就算陰陽兩界也無法阻擋。」

「嗯。」我沉思起來。「在我們之中，和薇薇羈絆最深的，當然是黑皮，也許大頭和小智也曾經與薇薇相處過，所以對她的存在從未感到懷疑。而我雖然和薇薇沒有相處過，卻因為我是屬於可以看見鬼魂的體質，剛好誤打誤撞？真是太巧了啊。」

「是的，心理學上好像針對這樣的事情，也有一套解釋。」胖子看向黑皮。「很多鬼故事之所以感動人心，就是因為源自於生者對死者懷著很深很深的思念，才將亡靈羈絆在人間。」

黑皮的腦袋不算好，可是聽到我和胖子對話，臉色也變了，因為他漸漸聽懂我們在說什麼了！

忽然，黑皮大吼一聲，對著胖子衝了過去！

「亂說！你這混蛋！」黑皮雙手提起了胖子的領子，我聽見了黑皮聲音中有著淡淡的哭音。「你憑什麼說薇薇是鬼？你憑什麼？你來歷不明，半路才出現，而且我們在台南火車站，你是怎麼找到這裡的？為什麼不說你自己是鬼！？」

突然間，我發現黑皮提出了一個相當有趣，但是令人毛骨悚然的論點，「胖子也有可能是鬼啊！」

因為，我們明明就在台南火車站地下道，胖子是怎麼穿越時空找到我們的？

「嘿。」胖子的領子被抓住，哼哼兩聲，用一手抓住了黑皮的手，一翻一轉，竟然把黑皮整個人轉了一圈，摔在地上。

「你……」黑皮被摔在地上，一邊呻吟，眼淚卻紅了眼眶。「你……別亂說……薇薇明明就不是……」

看到黑皮的模樣，突然間，我有點懂了，也許……也許黑皮早就知道了……而他只是愛得太深，深到自己不願意承認——這個薇薇早已過世的消息。

「你的懷疑沒錯，我怎麼找到這裡的，基本上，我認為這裡還是台中火車站的地下道。只是……在陰間卻已經是台南火車站了。」胖子說。

「什麼什麼？」我聽得一頭霧水。「你在說啥？」

「我也不是很懂，但是所謂的人有陽關道，鬼有獨木橋，我們要靠著火車從台中地下道抵達台南地下道，但是，在鬼的路徑中，也許這兩個地下道是相通的啊。」

「嗯？」我皺起眉頭，胖子的理論我能理解，他的意思是我們已經被拖入陰間的「台中地下道」，所以可以輕易走陰間的路，然後到達陰間的「台南的地下道」。

「但是，我是怎麼跟你們一起走入陰間的，這問題問得很好。」胖子苦笑。「我想就是那通簡訊，這通簡訊等於是一種聯繫，如果我沒有找到你們，鬼魂和詛咒依然會找上我，因為我們已經有了羈絆。」胖子一手壓制著黑皮。「你們看過一部鬼片叫做《咒怨》嗎？所有和那棟屋子有聯繫的人，都被詛咒害死，大概就是這個意思。」

黑皮被胖子的力量壓在下面，一身粗壯的肌肉毫無用武之地，可是他叫著：「什麼羈絆？什麼手機？我都不懂，我也不信！你媽的有種就拿出證據，證明薇薇已經死了！」

「唉，證據我早就遞給你們啦。」胖子嘆了一口氣，「請你們看看我帶給你的第三張剪報，答案就在裡面。」

第三張剪報？

我猛然想起，急忙從我的口袋裡掏出了剛才胖子給我的報紙。那張被我忽略的剪報，上面清楚寫著：

【台中訊】

某知名高中資優女生自殺事件，年僅十七歲的XX薇，日前在宿舍內上吊自殺身亡，該名學生品學兼優，自殺原因讓人費解，警方初步推測與該學生好友在地下道遭人謀殺有關，但是也有其他同學透露，該自殺同學平常活潑開朗，卻始終保持著神祕面紗，對黑魔法和咒術頗有興趣，所以警方亦不排除是迷信誤人，有關單位正深入調查中。

看到這裡，我覺得全身涼沁沁的一片，在這個原本就陰森的地下道中，朦朧的白色燈光下，我讀著一則「自殺報導」，然後一抬頭，還看到那個自殺的薇薇，正站在我的前面，對我微笑著。

薇薇，妳真的是鬼？妳真的是鬼嗎？

「表哥，沒有錯，我真的……是鬼。」薇薇微笑。帶淚的大眼睛閃爍著哀傷的光芒，柔細的聲音帶著讓人心碎的哽咽。

我不知道，要一個人承認自己是鬼，需要多大的勇氣。

很多鬼故事裡面，亡靈之所以徘徊在人間無法安息，就是因為「不知道自己已經死了」。

像是工作了二十幾年的男人，有天突然被公司解雇了，還習慣性每天帶著公事包去上班一樣，因為自己不肯承認，也因為心裡真的無法承認。

很奇妙的是，當薇薇用如此悲傷的語調說出「我真的是鬼」的時候，我心裡卻升起了一股奇妙的保護情緒，我想要保護她，幾乎原諒了她犯下的所有過錯。

因為她說出那句話的時候，眼眶含淚，細柔的聲音帶著濃濃哭音，那種哀傷和不捨，真讓我心疼無比。

「可是，」我看著薇薇。「我不懂，妳為什麼要做這些事情？害死這麼多人！」

「一開始，只是一個小小的惡作劇。」薇薇哭著。「一個對小晴的小小懲罰而已。」

空蕩的台南地下道中，薇薇眼淚彷彿無止境似的不斷滑落，「誰說我喜歡小晴的？你知道嗎？其實我好討厭她，討厭她的漂亮，討厭她的高傲，討厭她成績總是贏我一點點，討厭別人總是拿我和她比較！我好討厭，好討厭她……」

薇薇邊說邊啜泣。我突然感覺到，女生真是一種無法理解的生物，可以同時和一個人如膠似漆，卻又在骨子裡深深地怨恨和討厭著對方？

「因為我自己曾經接觸過一些黑魔術、塔羅，或者是密宗的知識，所以當大頭向我求助，說他想要跟小晴表白，我就想到一個惡作劇來作弄一下小晴。

「我從網路上找到一個惡靈咒，交給大頭，跟他說這是『紅線愛情咒』，大頭因為知道我和小晴是好朋友，所以不疑有他，就很高興地用在表白信裡面，只是沒想到，這個小晴竟然會剛好走進了台中地下道……

「台中地下道曾經發生大火，裡面本來就有不少枉死的靈魂，經過二十多年的徘徊，地下道又照不到日光，不斷積聚陰氣之下，裡面的亡靈已經逐漸邪惡，變得兇狠異常……表白信中的惡靈咒，立刻喚醒了地下道裡面的『他們』……

「他們積了數十年的怨念，找到了宣洩口……小晴就這樣莫名其妙的死了。」薇薇講到這裡，已經泣不成聲。「所以是我害死了小晴！是我殺了小晴！是我！是我！」

這時候，黑皮默默走到薇薇身邊，薇薇把頭埋進了黑皮的胸膛中，在斷斷續續的哭泣聲中，薇薇的聲音仍然繼續傳來。「他們將小晴殺掉之後，我開始良心不安，深懷著恐懼的我，日夜不斷做著惡夢，我分不清是現實還是夢境，只記得我不斷在地下道奔跑，有人追著我，不斷地追著，然後整個地下道轟然一聲，燒了起來……

「被活活嗆死的算命師，全身著火在地上蠕動爬行的流浪漢，躲在地下道的最角落，最後仍然被火焰捕獲吞噬的小男孩，以及在熊熊烈火中，發出一聲一聲淒厲哀號，想在最後一刻把小孩生出來的孕婦……」

我一邊聽著薇薇的描述，一邊簡要地將重點轉述給胖子聽，我彷彿體驗到薇薇夢境中那種熱焰，一波又一波，在哀號和死亡中，不斷襲來。

胖子的表情，依然沉穩，他很仔細地聆聽我的轉述，似乎在思考著什麼。

「終於，我再也忍受不住，」接著，薇薇輕嘆了一口氣。「我自殺了。」

「唉。」聽到這裡，我長長嘆了一口氣。

「我本來以為自殺是解決一切的方法，結果卻不然。」薇薇苦笑著。「結果我發現整個世界並沒有多大改變，我還是必須回到這裡，再次跟小晴說對不起，不然我永遠無法超生。」

「所以，薇薇妳才會加入大頭組成的招魂隊嗎？」我說，用憐愛的眼神看著薇薇，其實，她也很可憐。

「沒錯。」薇薇看著我，點頭。

「可是，大頭特殊的招魂方法，是妳教他的嗎？」我又問。

「是的。」薇薇說：「我不知道該怎麼說，因為我在生前曾接觸過一些靈法的東西，本身具有法力，所以要跟大頭溝通，沒有那麼難。」

「喔。」這瞬間，我也想到，薇薇可能具有某種程度的靈力，才能夠讓我、大頭、小智，還有黑皮能夠看見死去的她。

這時候，胖子突然開口了。「薇薇，我看不到妳，但是我想問妳一個問題，可以嗎？」

「請說。」（這句話是由我轉述的。）

「妳教大頭這樣的招魂方法，難道沒有想過，可能會害死大頭，甚至是其他人嗎？」胖子聲音低沉，咄咄逼人。

「我想過。」薇薇猛力搖頭，淚眼婆娑。「可是，大頭想見到小晴，我也是，這是見到小晴最好的辦法啊！」

「是嗎？」胖子冷然說。

這時候，我忍不住拉了拉胖子的衣袖。「喂，別這樣啦。」

「什麼？」胖子皺眉看我。

「她也很可憐，你看薇薇也為了一個惡作劇賠上了一條性命，成了被困在陽間的陰魂，動彈不得，你就不要這樣逼她了啦。」

「哼。」胖子不置可否。

「既然謎團都解開了，現在當務之急是找出地下道的出口。」我勸道。「各位有什麼想法都可以提出來，我們一起想辦法吧！」

「嗯。」薇薇頹然搖頭。「我不知道，而且小晴到現在都還沒有現身，讓我覺得好害怕。」

「是啊。」想到這裡，我心頭也感覺到一陣強烈的不安，因為一直到現在為止，整個故事的主角——小晴，卻都沒有露面，實在不是一個好兆頭。

為什麼她不露面？

難道她在等待什麼嗎？

流浪漢那句「最可怕的還在後面」又是什麼意思呢？

「哼。」胖子說話了。「先說了，薇薇，我依然沒打算相信妳，也許我看不到妳，所以瞧不見妳懺悔的模樣，但是，我知道妳一定還藏著什麼祕密。」

「夠了啦！胖子！」我出聲打斷了胖子的話語。

「哼，好，不說這件事。」胖子轉頭對我和黑皮說：「說到解決事情的辦法，我倒有一個。」

「真的嗎？」我和黑皮一聽，同時精神一振。真不愧是胖子！

「真的。」胖子臉上泛起笑容。「如果我們運氣夠好，這個貫穿全省的地下道迷宮，一定會把我們帶到『那個地方』！」

「那個地方？」

「是的。只有『那個地方』有『那個東西』，而『那個東西』有足夠的力量，可以鎮壓這些惡靈。」

「究竟是哪裡啊？」我追問。

「就是……」胖子臉露微笑。「台北捷運地下道。」

第七章 你愛我嗎？

現在的時間是凌晨零點十一分。

距離十點二十分進入地下道，已經過將近兩個小時了。令人膽戰心驚的兩個小時。

我並不是一個會特別注意時間的人，可是眼前的場景，卻讓我不得不注意起時間。

因為，這裡到處都是時鐘。

牆壁上，頭頂的電子儀表板上，這裡是一個很講究時間的都市，這裡也是全台灣最忙碌繁榮的城市。

這裡既不是台中地下道，更不是台南地下道，這裡是全台灣最大、最寬、最漂亮、人潮也最多的……台北捷運地下道。很奇怪吧，鬧鬼怎麼會鬧到這裡來呢？

因為台北的地下道完全沒有台中或台南的古舊陰森，這裡地板乾淨，空調舒適，連捷運行駛的噪音都控制得很好，這裡是全台灣最不應該鬧鬼的地下道。

可是，我們現在的確站在這裡，我們在台南地下道亂走，竟然真的走到了台北捷運地下道。

如同前述，這裡是不該鬧鬼，但是當你站在這裡，那種內心的怪異感覺，卻有過之而無不及。

這裡很恐怖……恐怖的地方，就在於時間。

現在是深夜零時，換言之，最晚一班的捷運早就走了，人潮隨之散去，照理說，這裡應該是空無一人，只剩下呼呼的冷氣才對。

但是，我眼前的景色卻不是這樣，眼前的捷運站，很熱鬧。現在明明是過了午夜的十二點十一分，可是，人潮依舊洶湧。

走在來來往往的人群之間，我和黑皮面面相覷，心裡的恐懼不斷湧現。一個問題在我心裡反覆地盤旋著——「這些人，真的是人嗎？」

看著迎面而來提著 LV 包包的美麗上班女郎，看著母親牽著蹦蹦跳跳的小孩，看著路邊坐著的小情侶在交頭接耳……

越是溫馨祥和，我內心的顫慄，就越無法控制地不斷湧出來。

如果現在是下午兩點，這該是一幅正常不過的捷運景象。可是，要命！現在是凌晨十二點啊！

「表哥，表哥……」黑皮抓住我的衣袖，聲音也在顫抖。「這些人是什麼……什麼東西啊？」

「小聲一點，保持冷靜。」我低聲說：「不要被他們發現了。」

沒錯，以前看過不少「誤闖地獄」的人類，身處在鬼群之中的人類，有如羊入狼群，唯一的保命方法，就是悄悄地走過，假裝什麼事情都沒有。在這裡，我倒是羨慕起胖子來，像他這種人是完全和鬼魂絕緣的體質，對他來說，這座捷運站應該是空的吧？

「我們要去哪裡？」我問。

「跟我來就對了。」胖子昂首闊步，繼續前進。「只要找到『那個東西』，應該就沒問題了。」

一路上，我和黑皮盡量閃閃躲躲地前進，突然間，我發現路旁一個小男孩正在注意我們。

他手裡拿著一個可麗餅，和我們眼神交會，我看見他眼中閃過頑皮的笑意。

然後，我眼神往下一瞄，心臟立刻快速鼓動起來，因為男孩可麗餅的上頭，沾著一個又一個黑色的指紋。

黑色指紋？這是煤灰啊！

我手心發汗，突然我感覺到手腕一疼，是黑皮！

他偷偷比了比另外一頭，在牆邊躺著一個呼呼大睡的流浪漢。

就在我們想要快步經過的時候，流浪漢的眼睛陡然大睜，佈滿血絲的眼球，惡狠狠地瞪視著我們幾個人。

然後他嘴巴咧開，泛黃的牙齒，流下了一滴又一滴的……血。

一見到血，我和黑皮同時被驚嚇，跌了幾步，砰一聲，撞到了一張木製的桌子。

「對……對不起……」我連忙抬起頭要跟木桌的主人道歉，可是我才抬起頭而已，馬上全身僵硬，腦袋一片空白。

算命師！那個鬼魂算命師！

「少年仔。」算命師摸了摸自己的小鬍子，冷笑。「我早跟你說過不能來，你還是不聽話啊。」

「啊。」我身體一直抖，一直發抖。

「要我再幫你卜一卦嗎？」算命師聲音忽高忽低，讓人全身發毛。「這次，不用錢喔。」

「不，不用。」我連退了好幾步。

「嘿嘿。」算命師說：「這樣吧，我送你一句話吧！『最恐怖的還在後頭』啊。哈哈哈。」

「啊！」我大叫一聲，拉住黑皮轉身就跑。

「哈哈哈哈哈……」在我們背後，傳來算命師的大笑，笑聲忽高忽低，有如百鬼夜哭，迴盪在地下道之中。

讓我們連頭都不敢回。只能拚命地跑著，跑著。

「快到了！」胖子聲音在我的耳邊響起，此時我們已經走完了整條地下街，往中山捷運站方向前進。

「胖子，我不懂。」我問了。「你說這裡可以鎮壓亡靈，到底是怎麼回事？」

「在遠古的智慧中，有些東西是容易聚集陰氣的，時間一久就會孕生出妖魔來害人，就像是地下道這種地方。相對的，有些東西則是剛好相反，它們會聚集浩然正氣，而這剛好就是惡靈的剋星。」胖子的腳步越來越快。「快點，我們得快點！」

聽到胖子催促，我也感覺到一絲不對勁，好像有什麼東西在緩緩靠近，因為地下道的整個人潮步伐都開始加快了，不，應該說開始慌張害怕了。

有什麼東西在蠢動，連這些鬼魂都會害怕？

「這些象徵正氣的東西，通常被供奉在寺廟中，這是因為寺廟必須要超渡亡靈，才需要這些東西的輔助。」胖子微微喘著氣，是因為腳步加快？還是因為連他都感覺到那股無比的壓力……

隨著人潮開始混亂，我心跳越來越快，什麼東西散發著強大的壓力，從四面八方不斷壓迫過來，好強大的怨念，好強大的恨意啊！

「胖子，你說的那個東西到底在哪裡？到底是什麼東西啊！」我聲音發急。

「我問你，什麼東西是寺廟一定有的？」胖子腳步越來越快，幾乎已經跑了起來。

「啊？」

「有兩個東西都是鎮魂的聖物，在寺廟中，一個會在清晨響起，一個在傍晚才會被敲響，它們被通稱為『暮鼓……』」

「啊！我知道了！」我突然大叫起來，「你說的是那只大……」

可是，我這個「大……」才說完，原本陰森的氣氛陡然一變，一股巨大無比的壓力直迫過來。

那東西來了。

來了。

一陣透骨寒意從我的肌膚滲了進來，讓我全身打起冷顫，這樣強大的惡念，我還是第一次感受到，甚至比三年前的鬧鬼儲藏室更勝一籌。

我的天，是什麼東西可以散發這樣強大的怨念？究竟是什麼……？

就在此刻，前方的人群傳來一聲尖叫，是聲嘶力竭，穿透整個地下道的女子慘呼。

「啊——要生了！要出來了！」

只見周圍的人群像潮水般往兩旁散開，跌跌撞撞，驚恐萬分，人潮急速散去，在道路的底端，出現了一個躺在地上的女人。

這女人大腹便便，發出力竭的嘶吼，這些乾嚎和吶喊，迴盪在密閉地下道中，竟然如催魂梵音，讓人頭暈目眩。

這女人的兩腿對著我們，肚子有如波浪劇烈起伏，紅色的孕婦裝勉強蓋住她的私處，地板上渲染出一片觸目驚心的血跡。

隨著她淒厲的吶喊，無法言喻的恐怖感覺，讓我們動彈不得。

「孕婦。」我聲音發抖。「最後一個惡靈，竟然是孕婦？」

「是孕婦？」胖子在一旁驚道：「你看到被火燒死的孕婦？」我和胖子兩人互看了一眼，都在對方眼中找到了驚懼，無限的驚懼。

在古老的鬼故事中，「難產而死」的女人，一直被認為是最兇狠的惡靈之一，連許多道行高深的法師都栽在這樣的惡靈之下。因為在這個世界中，「期待新生命的誕生」是最美好的事情，所以難產而死的孕婦，她的怨念才會這樣強烈，因為她在死的那剎那，等於從天堂墜入了地獄。

而且，她還是被大火活活燒死，在烈焰中試圖將小孩產下的冤死孕婦，簡直就是變本加厲！強大落差所產生的恨意，恐怕是超乎想像，遠比那些因戰爭而死，或是被人意外槍殺的冤魂更強、更深、更無法化解。

難怪，整個地下道的鬼魂都怕她，地下道的惡靈則將她視為最後的關卡。最強的惡靈，她當之無愧。

「逃吧！」胖子聲音在發抖，這是我第一次感覺到胖子在害怕，連看不到鬼魂的他，都強烈感覺到「這東西」是多麼的恐怖。

「逃啊！」我用盡全力，才勉強搬動自己已經麻掉的雙腳，發出吶喊。

「我們唯一的生路，就是趕到那個地方，祈求那地方有足夠的力量，來鎮住這個最兇狠的靈魂！」胖子吼道。

就在我、胖子跟黑皮發足狂奔的時候。

突然，黑皮停下了腳步，猛一回頭。「薇薇，妳怎麼了？幹嘛不走？妳沒看所有的鬼都在逃跑嗎？」

薇薇沒有說話，美麗的眼睛睜大到極限，顫動的瞳孔飽含著駭人的恐懼。

「薇薇，妳怎麼了？」黑皮著急地拉住薇薇的手，薇薇卻沒有動。「我感覺到，她在這裡……」

薇薇的聲音聽來像是夢囈。

「什麼她在這裡？」黑皮聲音好急。「薇薇妳快醒醒啊！」

「她在這裡！」薇薇身體開始發抖。「小晴，她在這裡！」

小晴在這裡？

連我聽完都愣住了。這個恐怖地下道事件的起源，但卻從未現身的陰魂女主角，此刻在這裡！

「小晴在哪？」我轉頭張望，聲音驚惶。「在哪？」

可是，我看不見小晴，這裡只有不斷奔逃的人群，在逐漸減少的人群中，我沒見到穿著制服的女孩。

「她在這裡，沒錯……」薇薇雙眼湧出淚水。「小晴在這裡，我知道。」

「不管怎麼說，快走！」我大喊。「這裡不能久留啊！」

此時整個地下道迴盪著孕婦臨死的叫喊，一聲接著一聲，被火焰燒灼的劇痛，對枉死的懷恨，怨氣把我們整個包圍起來。

死神，已經來了。

「小晴，我知道妳在這裡……」薇薇聲音發抖，往前踏了一步，高聲地說；「妳在這裡，為什麼不出來？為什麼不出來？」

看見薇薇這樣，我跟著向四面八方搜尋，可是此刻的地下街，人潮退得一乾二淨，偌大的密閉空間中，只有一個躺在地上發出恐怖哀號的懷孕女人。

小晴在哪裡？

這個乾淨寬大的地下道，空氣陰冷，我看著薇薇全身發抖，哭泣不止，呼喚著小晴。

「小晴，我感覺到妳了，妳在這裡？妳躲在哪？求求妳，快出來見我？我想跟妳說……對不起啊！」

小晴，究竟在哪裡？

我的背脊整個被冷汗浸溼……眼前這個最兇狠的惡靈會發動什麼樣的攻擊？還有消失的小晴躲在哪裡？氣氛越來越緊繃，壓力越來越大，我幾乎要窒息了。

「啊——啊——」孕婦的呼叫又更大聲了！

「小晴，快出來啊！」薇薇不斷往前走去，她張開雙臂用力哭喊著。

「走了！」胖子用力一扯我的衣袖。「這裡不能待啊！」

「可是……」我看了一眼薇薇，又看了一眼黑皮，我知道這兩個人都不會離開這裡了，這樣的話，我還要走嗎？我要再捨棄一次夥伴嗎？

「小晴……」薇薇這時候已經轉過身來，向地下道每個角落哭喊著：「我需要妳的原諒，不然我永遠不能超生啊！」

「薇薇，小晴不在這裡，妳不要再……」我正要伸手拉住薇薇，突然，我愣住了，因為我看到了一幕畫面。

一幕真正駭人的畫面。

就在薇薇的背後，那個躺在血水中的孕婦，她股間有個包著血膜的東西慢慢被擠了出來。

那是一個頭。

一個短髮女孩的頭。

一個滿臉血污的女孩頭顱，她短髮溼黏，從孕婦的陰處被緩緩擠了出來，一雙懷著深深恨意的眼睛，在血膜中陡然睜開，瞪著薇薇的背影。

「啊……啊……」我張大了嘴巴，雞皮疙瘩爬滿全身。「啊，啊，薇薇，背後，背後，妳，有，有……」

「啊？背後？」薇薇一聽，猛然轉過身。這瞬間，兩個女孩打了一個照面。

薇薇發出無比淒厲的慘叫。

「小晴！！」

只是，這聲驚呼竟然成為薇薇最後的吶喊，因為這一瞬間，小晴突然從陰道撲了出來，雙手掐住薇薇的脖子。

一剎那，小晴就把薇薇整個人拖入孕婦的陰道裡面。孕婦的肚子裡，竟然一口氣吞入了小晴和薇薇。

整個過程不到零點一秒，我跟黑皮根本來不及反應，就看見地上只剩下五道爪痕，鮮血淋漓，觸目驚心……這五道爪痕，是薇薇沒入陰道前在地上掙扎抓出的痕跡。

啊啊啊啊！

我發出慘叫！剛才的畫面太過驚悚，一直過了整整三十秒，我的喉嚨才勉強擠出幾聲乾嚎。

然後，我感覺到身邊黑影一晃，一個人不顧一切地往前衝去。

「黑皮！」我驚叫。「不要！」

黑皮發出怒吼，也不管地上血漬多麼噁心，奮不顧身地一撲，撲向孕婦的股間，仔細一看，薇薇並沒有完全被小晴拖進去，她還有一隻手和半個頭露在外面。也許，這和薇薇本身具有法力有關，她仍有最後頑抗的力量。

只是，在這一片血肉模糊中，在這片陰氣盤繞的鬼域，薇薇顯然也支撐不了多久了。而我看到黑皮像是瘋了似的，抓住薇薇僅存在外面的手掌，一對小情侶，十根指頭溼溼黏黏的交握在一起。

「絕對不放開妳的手。」我記得，這是黑皮給我的承諾，沒想到他真的做到了！

「薇薇，撐著點，我把妳拉出來，我馬上把妳拉出來……」黑皮的聲音雖然乾啞，卻掩不住他帶著哭音的決心。

「救我……」薇薇聲音微弱到如小貓哭泣。「黑皮，救我……」

「薇薇，放心，我一定把妳拉出來，妳放心……」黑皮眼睛含淚，咬緊牙關，而他抓住薇薇的手臂卻因為用力過度而青筋爆出，劇烈顫抖著。

「把我拉出去，把我……」薇薇依舊低吟著。

可是，在一旁的我，卻看得頭皮陣陣發麻，眼前這場惡靈和黑皮的拔河比賽，勝負已經非常明顯了。因為黑皮的手越來越往前移動，到後來，薇薇的手已經幾乎完全沒入了陰道口，連黑皮的手掌都慢慢拖了進去。

而且，我幾乎無法忍受眼前畫面帶給我的強烈刺激。

女子的陰處，竟然可以吞入兩個人，吞人進去那就算了，這麼細小的縫隙，還可以夾住薇薇的半張臉，跟黑皮的一隻手。

尤其是薇薇那半張不斷喘氣的臉，本來及腰的黑髮溼黏的沾在臉上，混著羊水和稠血，從陰道口露了出來，那種感覺，簡直就是集恐怖、詭異和噁心於一體。

「自古以來，女生的陰處被視為最強的『生死門』。」我聽到胖子在我耳邊說著：「那裡才是真正的陰陽交界，一過此門，新生命誕生，過不了此門，就是生路斷絕。」

「所以，這孕婦的陰處，等於是直通向地獄的黃泉之門？」我聲音顫抖。

「可以這樣說。」胖子強忍住聲音中的恐懼，「我雖然看不到，卻可以看到黑皮的手逐漸消失在空氣中，他的手是不是被吞了進去？」

「是。」我點頭。「胖子，我們該怎麼辦？」

「我不知道。」胖子苦笑。「我們如果幫他，大概連我們自己也會被拖進去。」

「被拖進去？」我喃喃唸了兩遍，抬頭注視著胖子，「那我們幫或不幫？」

「三年前。」胖子用力吸了一口氣。「如果我們可以阻止大華走進那道門，阻止阿狗衝上陽台，他們是不是就能活下來？」

「不一定。」我說：「也許，我們也會跟著被害死。」

「那幫或不幫？」胖子凝視著我。而我雙眼定定地也回望著胖子。

然後，我和胖子沒有說話，卻同時間蹲下身體，伸出手一左一右，抓住了黑皮的雙腳。

是的！我們決定要出手幫黑皮！

「胖子，呵呵，你不是說會被害死嗎？」我一邊拉著黑皮的腳，微笑，「那你幹嘛幫他？」

「你不也是嗎？」胖子微笑。「說好不幫，結果幹嘛幫他？」

「如果真的死在這裡。」我說：「那也是三年前欠下的，沒什麼好說。」

「是啊。」胖子伸出另外一隻手，對我伸了過來。「很高興認識你啊，你這個……混蛋損友。」

「Me too！」我也伸出手，和胖子用力握手。「就算進了地獄，我也會以認識你為榮的。」

「哈。」我和胖子兩個人，同時笑了出來，可是，就在這個時刻，我們感覺到從抓住黑皮的手心，傳來一陣強大無匹的力量。

這個惡靈的力量，開始躁動了！在這個佈滿鬼靈的地下道之中，稱王稱霸的惡靈之首，她的力量究竟有多麼駭人呢？

有多麼駭人呢？

認識胖子，已經四五個年頭了，其實一開始我們的感情不算太好，因為胖子是一個沉穩安靜的人，本來就不容易與人親近，會與他熟稔，完全是在高中宿舍的那一場牌局。

那時候，我們為了一個無聊的要命的賭局，五個好朋友約在鬧鬼的儲藏室玩抽鬼，沒想到這麼一玩，引出了儲藏室的惡鬼，一口氣死了三個同學，只剩下我和胖子活了下來。

在那個時候，胖子給我最深刻的印象是，他沉穩又可靠，整個驚悚的殺戮過程中，我沒看過他真正慌張過。

他有一種強烈的正氣，會安定我因為靈異事件而混亂的思緒。而且，我知道，胖子是一個很有義氣的人。就像此刻，我們兩個笨蛋，竟然不顧生死，一起拉住黑皮的雙腳。

也許我們都為了三年前的抽鬼事件，深深懊悔著，如果有機會，哪怕只有一個人而已，也要把他從殺戮詛咒中救出來。為此，我和胖子沒有多說什麼，卻默契十足地伸出了我們的手。

這一次，我們決定要救黑皮。什麼叫做義氣，就是這樣而已。

此時的情況，已經危急到了極點，黑皮的手伴隨著薇薇的陷沒，被越拉越深……越拉越深……

再這樣下去，不但薇薇會被這個陰陽之門給吞沒，連黑皮都無法倖免，最後，恐怕連我和胖子都會被捲入，一票亡魂被捆成一團，大家有伴。

我實在不敢想像，自己被「那東西」吞進去的感覺，我上次經過「這東西」，是二十幾年前……那時候我老媽才剛剛把我生出來。

有人說，女人的陰部，是崇高而且神祕的結界之門，因為所有的生命都從這裡誕生，所以它等於是一個溝通人間與靈界的入口，如果我真的被拖進去了，迎面而來的，恐怕就真的是一幅真實的地獄景象了。

所以，我絕對不會讓黑皮被拖進去，絕對不會！

也許是我和胖子兩股力量的介入，黑皮手臂陷入的速度明顯變慢了。

「黑皮！放開你的手！」胖子的聲音因為出力過度而發顫。「你知道你現在要救的人，根本不是活人嗎？」

「是啊！黑皮，放開薇薇吧，人鬼殊途，薇薇已經死了，你今天就算把她拉出來，她也不可能回到你的身邊了！」我也開始苦勸黑皮。「聽我的話，鬆開你的手吧！」

「黑皮！」胖子聲色俱厲地說：「薇薇的用心不良，你沒想到嗎?雖然我不知道為什麼她想把你一起拖進地獄裡面?但是，如果她真的愛你，會在死後一直糾纏你嗎?你好好想一想吧！」

「是啊！」被胖子的話語一激，我的語調也高了起來，「薇薇妳聽得到我說話嗎?妳明明知道再這樣下去，會把黑皮一起拖進地獄!為什麼還不放手?妳是存什麼居心啊?」

黑皮緊緊抿著嘴，沒有答話，他黝黑的臉龐泛紅，汗珠一滴一滴沿著面頰滑落。忍不住，我和胖子兩人同時怒叱：「黑皮!你回答啊！」

「表哥，我沒有你們讀那麼多書，那麼會講話，可是你們的意思我都知道了。」黑皮終於說話了，他一字一句慢慢地說著：「薇薇死掉了，早就死掉了，我知道，我現在只是在救一個死人而已，你們說的我早就知道，甚至……好幾天前我就知道了。」

「原來你早就知道……薇薇死了！」我聽到黑皮這樣說，不由得身軀一震。

而且，在一瞬間，我似乎看到了卡在孕婦陰道口的薇薇臉上，閃過一絲詫異的表情。

「畢竟是自己最親密的人啊，而且是自己愛了好幾年的女孩。」黑皮講話很慢，彷彿在找尋最適合的字句，將自己內心的真情展現出來。「她的改變，就算只有一點點，又怎麼會逃過我的眼睛呢?」

「這樣的話……你為什麼還……」我看著黑皮，內心忍不住激動起來。

「薇薇是一個很傻的女孩子。」黑皮沒有回答我的問題，自顧自說著：「她真的很傻，她老是喜歡和別人比較，她羨慕很多東西，別人手上漂亮的包包，她羨慕自己的好朋友小晴……可是她從來沒有看見自己本身的優點……那些優點不是指她的外表，也不是因為她念了很好的女校，而是……」

「而是什麼？」我問。

說到這裡，黑皮彷彿想到了什麼，嘴角揚起，溫馨地微笑起來。「薇薇很可愛的地方，就是她很愛哭，只要看連續劇就會哭，聽到難過的事情也哭，薇薇，其實真的是一個很可愛的女孩，只是妳自己從來沒有發現，從來沒有……」

聽到黑皮這段話，我和胖子互看了一眼，同時沉默了。因為，看樣子黑皮是絕對不可能放手了。

可是，在這個地下道惡靈之首的強大怨念之下，我們四個人如果不放手，被陰陽之門吞入只是遲早的事情！

我只覺得周圍的氣溫越來越低，一股一股讓人全身打顫的寒氣，從黑皮的腳踝傳遞到我的掌心中。

原本明亮的捷運地下道，此刻也逐漸黯淡下來，日光燈伴隨著孕婦的呼喊，緩慢地一明一暗，像極了一個人在呼吸。

深陷在這片陰森的地下道裡面，我覺得自己就像在地獄的入口，不，應該說是孕婦的陰道口一樣。

陰慘的氣氛下，就在黑皮一點一點陷入了孕婦的陰道口之中，忽然我耳朵一動，聽到了一個非常細微的聲音。

這聲音若有似無，飄飄忽忽，好像從很遠的地方悄悄傳來，又好像在我耳邊細語低喃。

這是什麼聲音？它在說著什麼呢？我屏氣凝神，試圖將這個聲音聽清楚。然後我發現，這聲音是由四個音節組合而成，不斷重複，這四個音節是「ㄞ、ㄨㄛ、ㄇㄚ、ㄋㄧ」

我愣住了，這四個音節是什麼意思？為什麼會在這個關鍵時刻響起？我下意識的喃喃自語起來。

ㄞ，ㄨㄛ，ㄇㄚ，ㄋㄧ，ㄞ，ㄨㄛ，ㄇㄚ，ㄋㄧ……

ㄋㄧ，ㄞ，ㄨㄛ，ㄇㄚ？！

所以是……「你……愛……我……嗎？」

迴盪在幽暗地下道的細微聲音，在說著令人費解的四個字。

「你、愛、我、嗎？」

「你愛我嗎？」我真的呆滯了，轉頭看向胖子，卻見到他表情依舊，表示胖子完全聽不到這四個音節，所以，這是鬼魂的低喃？就在我震驚困惑之際，突然，我聽到我前面的黑皮，發出一聲尖叫。

「薇薇！薇薇！是妳在說話，是妳在說話，對不對？」黑皮的聲音有如垂死野獸的嘶吼。「這是妳的聲音，我不可能聽錯，我不可能聽錯的！」

「黑皮，如果真的是薇薇的呼喚，千萬別回應！別回應啊！」胖子露出恍然大悟的表情，「我終於明白薇薇寧死都不肯放開黑皮的原因了！」

「為什麼？」我轉頭看向胖子，我在他眼中發現了驚恐和擔憂。

「是替身！」胖子大吼，震人心魄，「黑皮！薇薇要你成為她還陽的替身啊！」

「啊！」我腦海嗡然作響。「替身，薇薇要找黑皮做替身？」

「綜合所有的可能，只有這個解釋才合理。」胖子緊緊抓住黑皮。「薇薇具有法力，不肯就這樣死去，更把所有人引來這個地下道，只有一個解釋，就是薇薇需要一個甘願為她而死的人來作為替身！」

「黑皮，不要回應她！」我怒叱。「一回應你就糟糕了！」

空氣中依舊飄蕩著那個似有似無的「你愛我嗎？」低語，捷運站的燈光忽明忽暗，陰冷的鬼氣在我們全身環繞，強大的壓力幾乎要將我的心臟從胸膛中擠出來。

就在這時候，我看見黑皮的表情變了。他的表情不再那樣堅定，不再那樣緊緊抿著下唇，而閉著的眼睛也睜開了，直視著前方的陰道口，那張早已失去美貌的薇薇臉龐。

「薇薇，他們說的都是真的嗎？」黑皮的聲音斷斷續續，顯然相當難過。

「是真的嗎？」黑皮說。在這片細微『你愛我嗎？』的低語之中，我聽到黑皮的聲音充滿著無盡酸苦。

「如果這是真的。」黑皮眼中閃過一絲我無法明白的複雜神情。「那薇薇，我要告訴妳……」

「是的，我愛妳。」

第八章　鎮魂梵音

「完蛋！」我和胖子同時吐出這兩個字，因為當黑皮應承了薇薇的低喚，就等於完成了一個「契約」。

黑皮的靈魂，從此歸薇薇所有，黑皮要犧牲了，為了他認為最崇高的愛情。我和胖子同時閉上眼睛，不忍心看見黑皮的下場。可是，接下來所發生的事情，卻不是我們能預料的，甚至大大地出乎了我們的意料之外……

空氣中那個若有似無的「你愛我嗎？」就像是潮水般悄然退去。

被卡在陰道口，完全無法動彈的薇薇，她的眼珠緩緩移動，最後停在她眼前的男孩臉上。

『你真的愛我？』薇薇沒有說話，微瞇的眼神彷彿在詢問著黑皮。

「嗯。」黑皮點頭，堅定的意志寫在臉上。

「你會死的。」

「嗯。」

「會被地下道吞噬，永遠被困在這裡。」

「嗯。」

「唉。」薇薇輕輕嘆了一口氣。

「薇薇……」

「你這個笨蛋。」薇薇眼珠轉移開，黏在她臉上快要乾涸的血跡上，滑過兩道清澈的銀色淚痕。「真是個笨蛋，你教我怎麼忍心，怎麼忍心……」

就在這一瞬間，我看見黑皮臉色突然巨變，他喉嚨先是發出咕嚕的怪聲，然後一聲震撼整個地下道的怒吼，從他嘴裡發了出來。

「薇薇！不要！不要放開我！」

接著，我目睹著，那雙原本緊緊相握的手掌，從進入地下道開始就沒放開過，發誓要相守一生，經歷無數考驗都未曾放開的十根指頭，鬆開了。

是的，放手了。這一次，是薇薇放的手。

「被一個笨蛋愛上。」薇薇在哭，嘴角卻淺淺揚起，「真的很麻煩呢。」

沒有了黑皮堅強的臂膀支撐，只是一眨眼，薇薇就被孕婦整個吞入，失去了蹤影。

同時，薇薇鼓起最後的力量，把黑皮的手掌硬是推了出來，還給他一個完整的手掌。

這是我最後一次見到薇薇，嚴格說來，她是整個地下道恐怖事件的起點，也會是最後的終點。不知道為什麼，當我因為耗力過度，一屁股跌坐在地上的時候，心裡卻一點都不恨她，也許是我有點明白她的善妒的心情，也許我被她和黑皮的愛情所感動，也許，她臨死前那個含淚的笑容，讓我覺得，她真的很美。

她最後終於明白了「捨棄後才能擁有」，這才是她最美麗的時刻。然後，這個強大的孕婦惡靈，把薇薇整個吸入之後，彷彿吃了一劑鎮定劑，從此不動了。

那個流浪漢鬼說得沒錯，比慘烈，還是被孕婦的陰道口吞入，最為淒慘。

雖然薇薇是自作自受，卻也讓我有些難過。不過，像薇薇這樣具有法力的人，就算是地下道的惡靈之首孕婦，也要花一點時間「消化」吧，所以，薇薇最後替我們爭取了不少時間。

此刻的地下道，我、胖子還有黑皮三個人跌坐在地上。

我和胖子兩人大汗淋漓，而黑皮則蹲伏在地上，把臉埋在雙掌之中，發出讓人心酸的低泣聲。

「走吧。」胖子拍了拍黑皮的肩膀，柔聲說：「我們還沒有脫離險境呢。」

「黑皮，不要辜負了薇薇最後的領悟，我們去把整個事件結束掉吧。」我也勸道。

「嗯……」黑皮用力低著頭，點了點頭，他低首的模樣讓人著實難過。

我坐在地上，感覺到自己的手心摸到了地上一灘又一灘的血漬，感到一陣打從心裡升起的噁心。

「走了吧。」胖子順手拉起黑皮，轉頭對我說：「我們去台北捷運站中，那個唯一可以安撫亡靈的地方。」

「好……咦？」正當我單手按在地上，把自己的身體撐起，我突然感到一陣輕微的不對勁。

「怎麼？」

「沒……沒事。」我看了看周圍，除了剛剛才把薇薇吞入，從此就沒有動靜的孕婦屍體之外，什麼都沒有啊。

「那我們快走吧。」

「咦？」我手撐在地面的血漬上，那股不安的感覺又來了。

「怎麼？」胖子轉過頭。「發現了什麼嗎？」

「不是。」我又看了看周圍。捷運燈光依舊黯沉，但是那種一明一暗有如呼吸的燈光閃爍，已經停止了。

「那我們快走吧。」胖子眉頭深鎖。「你知道，我是很相信你的預感的，你每次預感都會出事。」

「嗯。」我心跳緩緩地加速起來。是啊，每次我的預感都會成真，只是這一次是什麼事情讓我感到不安呢？我起身，往四周看去，沒有異樣，是的，這一次真的沒有異樣啊。

「快點。」胖子催促道。

「等一下。」忽然我瞄到了自己的手心，沾了血跡的掌心，突然我感覺到，不安的感覺來自我剛才的手掌上。

說正確一點，不安的感覺，是來自我剛才按在地上的手掌，那隻浸在血漬中的手掌，感覺到了什麼……

「你感覺到了什麼嗎？」胖子凝視著我。

「震動。」我看著自己的手心，吐出了這兩字。

「震動？」

「血在震動。」

「咦？」胖子愣住了。

「我明白了，她在動。」我聽到自己的聲音中有著惶恐的哭音。「這個孕婦，她還在動。」

「所以說，孕婦還有力量？！」胖子吼了一聲，拉了我和黑皮，使勁狂奔起來。「那我們還等什麼？」

我跟在胖子後面發狂跑著，跑了幾分鐘，終於跑到了這條地下街的盡頭，而胖子口中那個「鎮魂聖物」就在轉角的後面了。我在離開這條街道的最後一刻，忍不住轉過頭，凝望了一眼剛才薇薇被吞入的地方。

突然間，我感到全身的血液都凝結了。

孕婦起來了。

所謂的「起來」這個動作可以代表很多種意思，像是從坐到站，或是從躺到坐……可是，我從來沒有遇過這麼恐怖的「起來」。

這個孕婦的兩手兩腳，往地上一撐，竟然以臉朝上，大腿在前，頭在後的方式，爬了「起來」。簡直就像是一隻肚子圓滾滾的大型昆蟲，而昆蟲的頭就是孕婦陰部，那鮮血一滴一滴落下的陰部。更恐怖的是，孕婦手腳開始爬行，前後交錯，竟往我們的方向爬了過來。

「胖子，那陰部裡面……」我嘴巴張開，恐懼完完全全把我吞噬了。「還有一張臉。」

「糟糕！」胖子聽完我的描述，整個人也毛了起來，抓住我的手，死命把我往後拖去。「我們快走！」

只是為什麼這麼快？孕婦惡靈出現的目的，不是只要吞食薇薇嗎？她既然成功吞掉了薇薇，為什麼還不肯退場？難道她真是如此強大貪婪的惡靈，只有一個薇薇的靈魂仍然不夠？或者說，還有什麼我們漏掉的原因？

這幾個問題只在我腦海中閃過零點一秒，因為拐過轉角，在我們的眼前，已經出現了這個最後的聖物。

聖物，它是一個被安置在台北捷運地下道的巨型物體。據說，它是為了安撫台灣九二一地震的亡魂，而架設在這裡的，它巨大無比，由古銅鑄成，身上密密麻麻刻滿古老而神祕的文字和圖騰。

它神威凜凜，宛如一座巨人，聳立在台北地下街的道路上，閃爍著古樸卻令人安心的力量，等待再度響起群魔辟易的浩瀚鐘聲。

是的，它是一口鐘。台北捷運地下道裡頭，唯一也是最後的生路。

它就是「九二一平安鐘」。

很奇妙的是，當我站在這個大鐘的下方，我用力吐出了一口氣，一股安詳和寧靜，從心底升起。閉上眼睛，可以感覺到古鐘所散發出來，樸實而穩定的氣息。

「胖子，接下來我們該怎麼做？」我問。

「很簡單。」胖子老神在在。「只要敲鐘就行了。」

「怎麼敲？」我看了看附近，這片光滑潔淨的台北捷運地下道，別說敲鐘用的銅柱了，連一根像樣的木棍都沒有。

「不用敲。」胖子笑。「用摸的就行了。」

「可是我摸不到。」我仰頭看著高高懸吊的鐘，比我指尖高了五十公分。

「簡單，坐我的肩膀。」胖子豪爽地說。

「可是這樣的話，你的肩膀會痛。」我遲疑。

「笨蛋，命都沒有了，誰還管肩膀痛不痛啊？」胖子用力拍了我的肩膀一下。我身體受力往前一側，卻忍不住笑開了。

無論是如何悲慘的情況，只要是胖子在，就有信心，就有笑容，胖子真是一個了不起的混蛋啊。

可是，就在我坐上胖子的肩膀，突然，我的背後傳來了一陣寒意。

這寒意來得如此急促，如此刺骨，讓我全身如墜冰窖，禁不住想回頭望去。可是，一道聲音卻阻止了我。

「聽我的話，別轉頭。」胖子說。

「為什麼？」我一呆。

「我看不到，都可以感覺到在我們周圍，已經聚集了數量相當驚人的陰魂。」胖子苦笑。「你是看得到的人，如果你轉頭，恐怕嚇都把你嚇死了！」

「真的還是假的啊。」我聽到自己的聲音在顫抖。「真的很多嗎？你別嚇我欸。」

「不過，你放心，這個鎮魂鐘法力強大，一般亡靈別說危害你，連靠近都不可能。」胖子說。

「那就好……咦？等一下！」我突然想到，「你說『一般亡靈』靠近不了……可是……」

「沒錯，你懂我的意思了。」胖子苦笑，「以程度來說，地下道的那四個惡靈，恐怕不是一般亡靈可以相比。」

我悚然一驚，追問：「那該怎麼辦？」

「還能怎麼辦？」胖子說：「快點敲鐘啊！」

「好！」我提氣一喝，手狠狠地往鐘面按去，可是才按到一半，我就感覺到自己的衣角被人扯動了一下。頭一低，竟然是那個手上盡是煤灰的小男孩，他浮在半空中，無辜的大眼睛眨啊眨，讓我動作一停。

就在我詫異之際，在我的左右兩方，同時出現一個流浪漢和算命師，他們的臉都被火焰燒得焦黑，露出殘缺不全的牙齒，一股惡臭直撲而來。

「不管你看到什麼，都不要理他們！」胖子急道：「別讓心魔擾亂了你！」

「啊啊！」我聽到胖子的聲音，急忙深吸了一口氣，周圍的惡靈雖然極為恐怖，卻嚇不倒我，我的手心繼續往前推進，按向灰銅色的大鐘。

就在我掌心就要觸上鐘面的時候，最後一個惡靈出現了，孕婦亡靈她直接從上面倒吊下來，慘白淒厲的臉龐，陡然出現在我面前，和我眼睛的距離僅僅只有一公分。我甚至可以清楚看見，她的瞳孔竟然是血紅色的，一滴又一滴豔紅的血珠從她的眼眶中盈滿，然後落下。

那一瞬間，我感覺到我呼吸暫停，連心跳都要停止了，真的是難以形容的毛骨悚然啊！

「別停啊！」胖子驚呼，往我的背上拍去，給我最後一股前進的力量。「按下去，讓整個恐怖事件結束吧！」

「吼！」我受到胖子力量的鼓舞，大叫了一聲，接著手掌往前，直到我的肌膚確確實實抵住了鐘面，古老銅器冰冷的觸感，從我的手心傳遞了過來。

冰涼傳來的那一剎那，我感覺到前所未有的沁心舒適，彷彿在炎炎夏日暢飲一杯涼飲，把我身後所有的邪惡氣息一股腦全都吹散開來。

然後，我聽到古鐘響起「嗡！」一聲巨響。

我看到了以古鐘為圓心，擴散出一個透明的聲音波紋，往四周震去。

這是聖音。掃蕩群魔的聖音！

接著，我聽到身後傳來鬼魂們的躁動，那是被強大法力驅趕的哀號聲。

「再拍！」胖子叫道。

「好！」我見到第一波鐘音竟然有如此神威，精神一振，左手舉起，再度擊向古鐘。

噹！

第二聲鐘聲更為高昂，清脆的聲音如同一把武士刀，透明利刃橫掃過整個地下道，也掃過了整個地下道的惡靈們，把他們掃成了兩半。這一次，我不僅聽到後面陰魂們哭喊，連我身旁的四個惡靈，都露出了震動和扭曲的表情。

「再來！」

噹！

小男孩惡靈首先支持不住，他哭了起來。「哥哥，你不陪我玩了！哇！」這話說完，他就化成一縷輕煙，遁去。

噹！

接著是算命師惡靈，他搖頭晃腦，一副腐儒模樣，嘆氣。「唉，非走不可了，下次來地下道，讓我替你卜個好卦吧！」此話一出，算命師也消失在空蕩的地下道之中了。

噹！噹！噹！

接著我連拍了鐘面三下，兇惡的流浪漢也抖了三下。「好小子，這次算你贏了！有種下次我們在高雄地下道單挑！」流浪漢的狠話才落完，就被有如浪潮般的鐘音給整個吞沒，失去了蹤影。

噹！噹！噹！我又使勁敲了三下。最後一個惡靈孕婦，身軀抖動幾下，卻不肯就此離開。

噹！噹！噹！噹！噹！噹！

這次我雙手齊出，發瘋似的連拍了六下，孕婦淒慘的表情越來越難看，那雙血紅色的眼珠因為痛苦而不斷收縮，卻始終在我眼前不肯離去！

噹！噹！噹噹噹噹噹噹噹噹！噹噹噹噹噹噹噹噹！我心中越來越急，開什麼玩笑，這個孕婦亡靈的道行難道真的這麼高？竟然連鎮魂鐘都收拾不了！難道這裡不是地下道的結局嗎？

可是，我卻親眼見到了孕婦露出痛苦的表情，她身處在狂風暴雨的鐘聲裡頭，表情整個扭曲，卻依舊不肯撤去。

「妳為什麼不走？」我發急地大喊。手上的拍鐘速度越來越快，深怕我手上的鐘聲一停，孕婦那染滿鮮血的五爪會立刻撲了過來。

噹噹噹噹噹噹噹噹！噹噹噹噹噹噹噹噹！

「為什麼不走？」我大叫：「為什麼還不走？為什麼還不走？」

終於，孕婦再也承受不住鎮魂梵音的催逼，倒吊的她頭一晃，嘴唇在我的耳邊輕輕碰觸，吐出了一個句子……接著，她倒吊的身體一扭，帶著被鎮魂鐘重創的腳步，倉皇地離開了這裡。

聖鐘的神威之下，孕婦走了，四大惡靈都走了，周圍地下道的惡靈也都淨空了，一切都安靜了下來……安靜了下來。

我感覺到整個空間像是被吸入某一個點，又被吐出來似的，咻的一聲，又回到了我們一開始最熟悉的景象。

骯髒破舊的小碎磚，令人發悶的空氣，還有地上燒過參考書的痕跡。沒錯，這裡是台中地下道，我們回來了！

不知道時間過了多久，但是在地下道樓梯口，我看到了幾絲晨光，悄悄地透了進來。啊！天亮了？我瞇著眼睛，注視這一片懶洋洋的雪白晨光……這個惡夢終於結束了嗎？

只是，當我回頭，卻發現大頭和小智都沒有跟上來，偌大的地下道中，只剩下三個人，那就是我、胖子還有黑皮。

「總算結束了。」胖子鬆了一口氣，微笑坐在地上，「這次，總算沒有砸了萊恩他的招牌。」

一旁的黑皮仍然帶著傷心欲絕的表情，低著頭，表情委頓的縮在一旁。

而我，卻是愣著。

愣著。

因為我無法解釋，孕婦當時在我耳邊所說的那句話。

「可惜，你們讓『他』溜回陽間了啊……」

「可惜，你們讓『他』溜回陽間了啊……」

「可惜，你們讓『他』溜回陽間了啊……」

想到這句話，我感到四肢百骸都涼颼颼的，事情不是結束了嗎？孕婦為什麼最後要說這句話？這個『他』是誰？

孕婦惡靈為什麼寧可受到鎮魂鐘的攻擊都不肯離開？為什麼？她最後還有什麼沒有了卻的心願嗎？

我不懂，真的一點都不懂。

然後，我轉頭看向胖子和黑皮，忽然，我看見了黑皮臉上，閃過一個奇怪的表情，這個表情竟然像是……在笑。

那是一個非常古怪的笑容，讓我渾身不對勁，因為那不是我所認識的憨厚的黑皮笑容，這個笑太陰柔，太狡猾，有如女子的冷笑……

我感到全身冰冷，一陣涼意直竄上腦門，全身開始禁不住地發抖。

是誰？究竟是誰附在黑皮的身上？回到了陽間？

是誰……？

後續的故事已經不需要太多描述，小智和大頭的親人傷心欲絕。然後台中市政府則請來數十位法師，替這個地下道進行長達七天七夜的大型法會，這地下道太兇惡，竟在七天內連續害死了三個人。

法會中，我和胖子也舉起了手上的香，朝著地下道深深的三鞠躬，希望那些被火燒死的惡靈能夠安息，而小智進入了靈界，可以一償當「靈異偵探」的夙願，然後，大頭則可以得到對小晴的表白結果。

在我和胖子分道揚鑣的時候，他拍了拍我的肩膀，「喂，有空到台南來找我，你有我的 email 和電話嘛。」

「好。嗯……」我點頭，卻是欲言又止。

「幹嘛？」胖子看出我的神色有異，「呵呵，捨不得我啊？」

「呵呵，見鬼了，誰會捨不得你。」我哈哈一笑，「只是，我在想黑皮的事。」

「黑皮，他怎麼了？他不是因為受到很大的精神創傷，正在醫院休養嗎？」胖子說。

「你記得他最後一個笑容嗎？」我回想起那一幕，仍不能控制地起雞皮疙瘩。「我覺得那個笑容，根本不是他。」

「不是他？」胖子呆住，「那是誰？」

「是……」我把嘴巴附在胖子的耳邊，輕輕說道：「　」

The End

Div作品 12

惡靈地下道

國家圖書館出版品預行編目資料

惡靈地下道 ／Div 著. 一 初版. 一 臺北市：
春天出版國際，2016. 08
面；　公分. 一（Div 作品；12）
ISBN 978-986-5706-81-4（平裝）

857.7　　104014071

ISBN 978-986-5706-81-4
Printed in Taiwan

作者　Div
繪者　Cash
總編輯　莊宜勳
責任編輯　黃郁潔
美術設計　三石設計

出版者　春天出版國際文化有限公司
地址　台北市信義路四段458號3樓
電話　02-7718-0898
傳真　02-7718-2388
E-mail　frank.spring@msa.hinet.net
網址　http://www.bookspring.com.tw
部落格　http://blog.pixnet.net/bookspring
郵政帳號　19705538
戶名　春天出版國際文化有限公司
法律顧問　蕭顯忠律師事務所
出版日期　二〇一六年八月初版
二〇一八年一月初版八刷
定價　170元

總經銷　楨德圖書事業有限公司
地址　新北市新店區寶興路45巷6弄6號5樓
電話　02-8919-3186
傳真　02-8914-5524